그런 엄마가 있었다

그런 엄마가 있었다

조유리
지음

앞으로의 살아냄 속에 부모님이 항상 있을 것이다.
거기, 그렇게, 나의 엄마가 있을 것이다.

바른북스

· 목차 ·

PART 1

그런 엄마가 있었다

/

우리 엄마예요 _10
망각의 시작 _12
눈물의 대물림 _15
배부르면 OK _18
강남 엄마 _20

PART 2

이런 자식이 있었다

/

책임 회피의 합리화 _26
아군 적군 _29
총량의 법칙 _33
신호 _36
팔자 _40

PART 3

사라져 간다

/

원하지 않은 덤 _44
밸런스 게임 _47
허기 _51
분실(紛失) _54
진짜 엄마 _58

PART 4

효, 도를 아십니까

/

부모 살아실제 _64
방문 사절 _69
부모가 아픈 이유 _73
효, 도를 아십니까 _77
꿈이 뭐길래 _80
아무것도 모른다 _85

PART 5

엄마는 없는 엄마의 세상

/

이상한 나라 _90
왜 환자인가요 _93
선택 _98
정답은 없다 _104
감정의 자리 _110
무력감 _119
나 여기 있소 _126

PART 6

엄마를 분실하다

/

질문 _134
그 날 _137
CCTV _147
오늘은 이래도 되는 날인가 _154
뭐라도 하려고 _159
앞서는 이의 배우자는 _165
인간의 영역 _170
서명 _175
잠도 푹 자고 밥도 든든히 먹고 _177

PART 7

자식의 시간

/

사랑꾼 _184

고아 _187

후회하냐고 묻는다면 _190

자식의 시간 _195

친정 없는 친정 동네에서 _200

작가의 말

PART 1

그런 엄마가 있었다

우리 엄마예요

할머니가 된 엄마는 아이를 돌볼 줄 몰랐다. 정말, 어쩜 그렇게 모를까, 싶었다. 내가 첫째를 낳은 직후 산후통으로 허리가 아프다 하니

"그럼 나가서 운동을 좀 하지 그러니?"

했다. 뭐, 서양식 산후조리법을 알아서 그런 것도 아니고, 아이 낳고 선불리 외출했다가 몸에 바람들면 큰일 난다는 식의 한국 친정엄마들의 흔한 생각을, 엄마는 전혀 할 줄 몰랐다.

첫째 아이를 낳은 직후 친정에 머물며 삼시 세끼를 얻어

먹는 것 외에 아이를 돌보는 데 엄마의 도움을 받은 것은 거의 없었다. 2시간마다 깨는 아이를 새벽마다 달래고 젖 혹은 분유를 먹이고 기저귀를 갈아 다시 재운 것은 나와 남편 그리고 친정아버지였다. 엄마는 저녁 6시만 넘어도 졸립다며 방으로 들어가 아침까지 자고 일어났다.

둘째를 낳았을 때는 집에서 산후도우미의 도움을 받았다. 우리 집에서 15분 거리에 살고 있던 엄마, 아버지가 수시로 드나들며 반찬을 갖다 주곤 했는데 어느 날 찾아온 엄마가 나 먹으라며 간장게장을 내놓았다. 도우미 아주머니의 눈이 휘둥그레지더니 부모님이 돌아간 후에야 혀를 내두르며 입을 열었다.

"아니, 산모는 지금 몸에 바람들어 미역국을 통째도 들이부어도 모자랄 텐데, 이빨 다 나가라구 어디 간장게장을……. 친정엄마 맞으유?"

나는 웃으며 말했다.
"네, 맞아요."

그래, 맞다. 이러니까 우리 엄마지.

망각의 시작

내가 초등학교 고학년 정도 되었을 무렵부터 엄마가 종종 털어놓던 인생담을 솔직히 다 믿지 못했다. 특히

"너희를 낳자마자 이틀 만에 보따리 장사를 하러 나갔지 뭐야."

라는 말은 내가 두 아이를 낳아본 다음에는 더 신화같이 들렸다. 그게 가능할까? 아이 낳은 지 이틀 된 몸 상태로 어떻게 장사를 나갔다는 거지? 그렇다고 허풍이라고만 할 수는 없었다. 결혼 후 한 달 만에 직장을 그만둔 아버지를 대신해 엄마가 장사 수완을 발휘했고 결국 우리 가계를 일으켰다는 것을 나는 그간 많은 친척들의 입을 통해 들어서

잘 알고 있었다. 그러고 보면 엄마가 산후조리법을 잘 모르는 것도 그럴만했다.

엄마, 아버지가 새벽부터 낮까지 도매시장에 옷을 팔러 나갔을 때 오빠와 나는 항상 둘이 남겨져 있었다. 정확히 기억은 안 나지만 분명히 오빠와 나 둘 다 학교에 들어가기 전 유아기 때였다. 어느 날 내가 냉동실에서 갓 꺼낸 스테인리스 얼음틀 바닥을 혀에 대며 찍찍 들러붙는 느낌을 즐기며 재밌어했던 적이 있다. 그러다 꽝꽝 언 얼음틀이 내 입에 찰싹 달라붙어 떼어지지 않다가 오빠가 확 잡아 당겨버리자 혀에서 떨어지며 약간의 피를 남겼다. 피를 보고 당황한 오빠는 엄마에게 전화를 걸었다. 사색이 되어 헐레벌떡 집으로 달려온 엄마는 그저 피가 살짝 나기만 했다는 것을 확인하고는 바닥에 털썩 주저앉으며 토로했다.

"어휴, 난 또 혀가 잘렸다는 줄 알고!"

엄마는 내가 두 아이를 낳고 돌보는 것을 가까이서 지켜보며 종종 말했다.

"너 애들 키우는 걸 보면 한시도 눈을 못 뗄 정도로 불안한데, 나는 어떻게 너희 둘만 집에 두고 장사를 다녔는지 몰라. 근데 정말 기억이 하나도 안 나는 거 있지?"

엄마가 손녀들을 돌보는 어설픔을 보면 '기억이 안 난다'는 것이 거짓은 아닌 것 같았나. 시금 생각해 보면 엄마의 망각은 아주 오래전부터 시작된 것이 아닐까 싶다. 가족을 먹여 살리겠다는 생각으로 산후, 몸을 제대로 풀기도 전에 집 밖으로 뛰쳐나간 그때부터.

눈물의 대물림

첫째 아이는 어릴 때부터 잘 울었다. 나와 조금도 떨어지기 싫어하며 유치원에 갈 때도 매일 울었다. 아이를 어린이집 혹은 유치원에 맡기고 출근을 해야 했던 나는 아침마다 반복되는 아이의 눈물이 참 싫었다.

보따리 장사를 하던 엄마가 몇 년 만에 작은 양품점으로 세를 키웠을 때 그 가게에는 조그마한 삼각형 방이 있었다고 한다. 그 방에서 엄마가 나를 돌보다가 손님이 와서 잠깐 나가면 내가 그렇게도 울어댔단다. 잠깐인데도 문을 쾅쾅 두드리며 시끄럽게 울어대니 옷을 보러온 손님이 미안

하다며 문밖으로 나가버리는 일이 다반사였다. 찾아온 손님도 내쫓는 꼴이 된 엄마는 나를 부둥켜안고 엉엉 운 적이 한두 번이 아니었다고 했다.

장사의 규모가 좀 더 커진 것이 새벽 도매시장이었다. 새벽 1~2시면 잠을 깨서 불을 켜고 나갈 준비를 하는 엄마에게 매달려 가지 말라고 엉엉 울어댄 것을 나도 어렴풋이 기억한다. 집 밖으로 멀어지는 부모님을 쳐다보며 창을 쾅쾅 두드리고 거세게 숨찬 소리를 내며 울었다. 그런 나를 두고 부모님은 연신 뒤를 돌아보면서도 결국 서서히 멀어져 갔다.

그날 낮에 장사를 마친 부모님이 집에 돌아오면 나는 몸을 배배 꼬며 말했다.

"엄마, 아빠, 새벽에 울어서 죄송해요."

부모님은 그런 나를 보며 그저 허탈한 미소를 지을 뿐이었다.

하지만 다음 날 새벽, 장사를 나가는 부모님 뒤로 창을 두드리며 통곡하던 일은 어김없이 반복되었다.

나는 큰아이를 낳고 딱 두 달을 쉰 뒤 친정에(정확히는 아버지에게) 아이를 맡기고 한 달에 열흘 넘게 야근, 그것도 새벽에 들어오는 잡지기자 일을 계속했었다. 그땐 남겨진 아이 마음보다는 나를 두고 장사를 나갔었던 엄마의 마음에 더 많이 이입되었던 것 같다. 그래서 나는 아이의 눈물이 싫었다. 돈을 벌어야 하는데, 일을 계속해야 하는데 그런 엄마 마음도 몰라주는 아이의 눈물. 아이에게서 보이는 어린 내 모습, 그리고 그걸 바라봤을 엄마의 마음. 그 기억이 오버랩되어 가슴을 짓누르고 '내가 뭐 한다고 이렇게 우는 아이를 떼어놓고 일을 나가나'하는 생각이 반복해서 들었던 아이 돌 무렵, 회사를 그만두고 프리랜서를 시작했다. 물론 그 후에도 유치원에 등원할 때의 아이의 눈물은 여전히 계속되었지만.

대물림되는 건 눈물의 유전자만은 아니다. 대를 이어 전달되는 기억은 인생의 선택에 어떻게든 영향을 끼친다. 행복한 기억도, 아픈 기억도 좋은 선택의 이유가 되기를 바랄 뿐이다.

배부르면 OK

우리 식구들은 먹는 것을 좋아했다. 엄마, 아버지는 집안 형편이 어느 정도 피고 나서는 먹는 데는 돈을 아끼지 않았다.

"아, 더 먹고 싶은데 너무 배가 불러. 체할 것 같아."

"먹고 소화제 먹어."

엄마의 대답은 한결같았다. 자식이 배가 고프다고 하는 것보다 배가 아프다고 하는 것이 감당하기 더 수월했던 걸까. 엄마가 '그만 먹어라'라고 말한 기억이 내게는 없다.

그런데 어릴 때부터 고질적인 내 소화불량이 문제였다. 엄마가 감당하기 어려울 만큼 자주 '배가 아프다'는 말을 달고 살자 어느 날 나를 병원으로 데려가 위내시경 검사를 시켰다. 수면내시경은 없었던 시절이었는지 아니면 그런 방법이 있지만 추가로 돈을 내기가 싫었던 건지 알 수 없지만 엄마는 중학생이었던 나를 그냥 병원 검사대로 밀어 넣었다. 무얼 하는지도 모른 채 들어가 차가운 침대에 누워 두꺼운 관이 목구멍을 통과해서 내 위 속을 휘휘 젓는 고통을 감내하고 밖으로 나왔을 때 엄마의 얼굴은 평온했다. 인생 최고의 고통을 겪고 사색이 되어 나온 딸을 보며 '뭘 그런 걸 가지고 그러느냐'는 얼굴로 멀뚱히 바라보았다. 의사는 내 뱃속에 별 이상이 없다고 했다.

"거봐, 잘 먹고 소화제 먹으면 된다니까."

엄마에게는 모든 게 오케이였다. 배만 고프지 않으면, 만사 OK.

강남 엄마

현재 경기도에 살고 있는 나는 가끔 지인들과의 모임에서 술에 취하면

"나 이래 봬도 강남 대치동 출신이야."

라고 떠들어 댈 때가 있다. 다음 날이면 남편은

"어디 강남 출신 아닌 사람 서러워서 살겠나. 뭘 그리 자랑이야?"

라고 핀잔을 준다. 나도 술을 깨고 나면 출신 지역으로 자신을 드러내는 촌스러운 짓을 내가 했다는 생각에 얼굴이 화끈거리지만 한편으로는 나름대로 억울함의 토로라고 변명도 한다. 주변 사람 아무도 나를 강남 출신으로 여겨주

지 않기 때문이다. 맨날 돈 없다고 전전긍긍하고 비싼 그릇 하나 살 줄 몰라 벌벌 떨며 좋은 옷을 한 벌 사느니 차라리 소주 한 병에 회를 한 접시 사서 사람들과 나눠 먹겠다고 생각하는 나를 우아하고 세련되어야 할 것 같은 '강남 출신'으로 보는 사람은 거의 없다. 하지만 나는 내가 '강남 스타일'이 아닌 것은 순전히 엄마 때문이라고 항변한다.

시대 탓일까? 외할아버지, 외할머니가 낳은 네 명의 딸과 네 명의 아들 중 공부는 아들들의 몫이었다. 한 분의 삼촌은 일찍 장사를 배우셨지만 다른 세 분은 모두 대학 공부까지 마쳤다. 내가 알기로, 엄마와 엄마의 자매들은 모두 공부를 일찍 그만두고 장사를 배웠었다. 보따리 장사, 양품점, 새벽 도매시장 장사를 거치며 결혼 10년 만에 돈을 꽤 번 엄마와 아버지는 우리를 이끌고 부천, 종로 등지에서 살다가 결국 강남 그것도 대치동으로 이사를 해서 정착했는데 그게 오빠가 초등 4학년, 내가 1학년 때였다. 그렇게 빠른 시간 안에 돈을 벌어 정착한 엄마의 장사 수완이 신기할 때가 있었는데 알고 보니 다 어릴 때부터 갈고닦은 결과였다.

그런 엄마가 우리의 교육을 위해 할 수 있는 일은 이른바 '공부 잘 시키는 지역'으로 이사하는 것밖에 없었던 것이다. 하지만 막상 대치동 학부모로 사는 일은 초졸 엄마에게

쉬운 일은 아니었던 듯하다. 엄마는 '근검절약'의 대명사여서 오빠와 나에게도 항상 "불 끄고 다녀라."고 잔소리했고 우아하게 꾸미고 다니는 강남 사모님과는 거리가 멀었다. 그리고 아이들의 공부를 걱정해 학원을 찾아 돌아다니는 일도 전혀 할 줄 몰랐다. 그저 오빠와 나를 대치동에 툭, 떨어뜨려 놓았을 뿐이다.

매년 학교에서 '가정환경조사서'를 작성해 오라 했을 때까지만 해도 항상 '고졸'이라고 적던 엄마의 속사정을 나는 전혀 알지 못했다. 어느 날 갑자기 엄마가 검정고시 학원을 다닌다고 책을 사 들고 오기 전까지는 말이다.

"엄마, 고등학교 졸업했으면서 왜 또 중학교 공부를 다시 해요?"

눈치 없이 질문하는 나를 엄마는 가늘게 쳐다봤다. 영문을 모르던 나도 서서히 눈치를 채고 엄마의 공부를 도와주기 시작했다.

"야, 엄마가 공부를 해보니, 너희들 참 대단하다. 어떻게 이런 어려운 공부를 하니? 근데, 이건 비밀인데, 네 오빠가 가르쳐 주면 하나도 못 알아듣던 내용이, 네가 알려주면 귀에 쏙쏙 들어와. 공부가 재밌어."

엄마는 정말 열심히 공부했다. 문제는 그 당시 오빠가 고등학교 2~3학년이었다는 것. 지금처럼 컴퓨터가 상용화되지 않던 시대, 오빠는 거실에 있는 TV로 교육방송 강의를 듣곤 했는데 거실 한편에서 중얼중얼 교과서를 외우던 엄마의 공부는 오빠를 꽤나 방해했을 것이다. 고3 아들의 공부에 아랑곳하지 않고 엄마가 더 열심히 공부하던 거실의 풍경. 오빠가 편한 마음으로 엄마를 가르쳐 주기는 어려웠을 것이다.

몇 년의 노력 끝에 결국 '진짜 고졸'이 된 이후, 엄마가 가정환경조사서 부모 학력란에 '고졸'이라 쓸 때의 표정은 이전과는 사뭇 달랐다. 어딘지 모를 당당함과 자연스러움이 묻어났다. 그랬건만, 어느 날 먼 친척 이모와 함께 나눈 대화 내용은 다소 충격적이었다.

"딸내미야 뭐, 적당히 공부해서 아무 대학이나 들어가고 시집 잘 가면 되지만 아들은 공부 좀 해야 할 텐데, 걱정돼."

왜 부모님이 떨어지는 오빠 성적에는 그렇게도 안달하다가 내가 성적표를 집에 들고 오면 그리도 무신경했었는지 그때서야 이해가 되었다. 형제들에게 밀려 공부를 못한 엄마, 결혼하고도 아버지 대신 생활 전선에 나갔던 엄마조차 이런 생각에서 헤어 나오지 못하게 만든 것은 과연 무엇이었을까. 어린 시절 받은 차별에 대한 억울함보다 인생을 살며 직접 체험한 세상의 현실이 엄마의 식견에 더 큰 벽을 쌓았던 걸까?

그래도 엄마가 실질적인 교육에서 나를 크게 차별한 적은 없었다. 심지어 외국어 전공자라는 이유로 오빠는 가지 못했던 언어 연수까지 다녀왔으니 엄마의 생각과는 다르게 딸로서 나는 참 많은 혜택을 받고 자란 셈이다. 지금은 그저 그때 엄마가 '이렇게 사랑스러운 딸내미만큼은 힘든 공부를 시키고 싶지 않았던' 걸로, 좋게 생각하려 하고 있다. 이제 부모에 대한 억울함이 실제 느낀 감정이었는지 내가 조작한 기억인지 헷갈릴 만큼, 나도 나이를 먹어가고 있다.

PART 2

이런 자식이 있었다

책임 회피의 합리화

대학교 2학년 가을, 내가 이듬해 떠날 언어 연수 준비에 한창이었던 어느 날 외할아버지가 돌아가셨다. 뇌졸중으로 온몸을 못 쓰고 몇 년째 누워 계시던 외할머니의 병시중을 혼자서 들던 할아버지. 역시나 같은 병을 맞으셨고 할머니를 남기고 먼저 세상을 떠나셨다.

가족력은 위대하다. 할아버지의 장례식에서 엄마는 갑자기 입이 비뚤어지고 오른쪽 팔과 다리를 못 썼다. 상을 치르던 이모들이 "어머, 얘 왜 이러니!"라고 외쳤고 엄마의 온몸을 마사지해 주자 몸이 조금 풀렸다. 지금 생각하면 당장 응급실에 갔어야 하는데, 골든타임에 대한 개념이 별로 없을 때였다. 장례를 치르고 돌아온 다음 날 새벽, 집에서 자던 엄마는 다시 입이 돌아갔다. 평소 자주 체해서 손가락 따는 일에 익숙했던 내가 손발을 바늘로 따주었다. 다음 날 병원에 갔고 엄마는 뇌경색 진단을 받았지만 며칠을 입원해 점차 회복되었다.

퇴원하고 얼마 지난 어느 날 엄마는 내 방에 들어와 조용히 물었다.

"언어 연수, 안 가면 안 되니?"

이미 나는 한 학기 전체를 연수 준비로 불태웠고 학교 동기들에게 "내년엔 내가 없을 거야."라고 떠벌리고 다녔다. 내 나이 스물한 살, 생애 첫 해외여행이 1년이나 집에서 떨어져 있어야 하는 연수라는 것에 겁이 날 법도 하건만, 나이 오십에 중풍을 맞은 엄마의 질문 안에 담긴 수많은 감정을 헤아리기에 나는 너무 어렸고 너무도 들떠 있었다.

"엄마, 준비 다 해놨단 말이야."

원망과 갈구의 눈빛을 동시에 보내는 딸을 앞에 두고 엄마는 아무 말 없이 방을 나갔다.

공항에서, 더 이상 가족이 따라올 수 없는 마지막 게이트를 통과하며 문득 뒤돌아봤을 때, 그전까지 한 번도 눈물을 보이지 않던 엄마가 손으로 얼굴을 감싸며 엉엉 우는 것이 보였나. 무덤덤한 아버지 대신 오빠가 엄마의 어깨를 감싸며 위로해 주었다.

1년 만의 연수를 마치고 돌아왔을 때 내 눈에는 엄청 효자가 되어 있는 오빠가 눈에 띄었다. 엄마가 차를 탈 때 문도 열어주고 살갑고 부드럽게 말하는 오빠는 깐깐하고 부모에게 곧잘 말대꾸하던, 어린 시절 내가 기억하던 오빠의 모습이 아니었다.

그때부터, 가족 혹은 사회생활에서 가끔 내 부재가 끼치는 긍정적인 측면이 보이기 시작했다.

'사람을 옆에서 항상 챙겨준다고 다 좋은 건 아니야. 나의 부재로 인한 장점도 많아. 남은 이들끼리의 관계가 더 좋아진다거나, 내 도움 없이도 독립적으로 잘 지낸다거나 하는…….'

대충 이런 논리로 합리화하다 보면 어느새 책임에서 살짝 빗겨 있는 것에 대한 변명이 조금 더 쉬워지는 것을 깨달았다. 이게 바로, '인생 좀 살았다'는 것이 아니겠는가.

아군 적군

갑자기 남편이 출근 준비를 하다가 먼저 학교로 향하는 큰아이 뒤에 대고 중얼거린다.

"아빠는 영원한 너의 팬이다."

생전 애정 표현이라고는 할 줄 모르는 사람이 왜 느닷없는 사랑 고백인가. 그 오글거리는 멘트를 나에게 한 게 아니어서 고마울 뿐이다. 나이 들어가는 아빠는 딸에게 점점 더 애틋해지는 건가.

생계의 책임을 엄마에게 지운 아버지라고 원망할 생각은 별로 없었다. 새벽 장사를 할 때 아버지 또한 엄마를 많이 도왔다. 게다가 아버지는 요리를 비롯한 살림에 관심이 많았고 오빠와 나의 공부에도 신경을 썼다. 우리는 언제 어떻게 배웠는지 기억도 못 할 만큼 일찍 웬만한 한자를 다 익혔다. 아버지 덕이었다.

아버지에 대한 나의 불만은 다른 것이었다. 아버지는 엄마에게 살갑지 않았다. 애써 번 돈으로 엄마가 가구라도 하나 살라치면 심한 잔소리를 해댔다.

"도대체 쓰던 게 있는데 왜 사려는 거야? 사치 부리기는!"

내가 볼 때 엄마에게 사치스러운 구석이라고는 하나도 없었건만 평범 이상의 절약 정신을 가진 아버지는 엄마의 소비를 한 번도 곱게 본 적이 없었다. 엄마의 음식에 대한 타박도 꾸준했다.

"네 엄마 음식은 너무 짜. 몇 번을 말해도 안 고쳐져."

내 입맛에도 아버지의 음식이 더 맛있을 때도 많았다. 하지만 그렇게까지 타박할 일인가. 엄마는 나름 엄마의 역할을 잘 해내고 있었다. 살림뿐 아니라 경제를 책임지는 것까지.

내가 사회초년생이던 어느 날 엄마와 아버지, 내가 거실에 앉아 있었다. 무슨 이야기 끝에 아버지가 또 엄마에게 면박을 주기 시작했다. 무안할 정도로 엄마를 타박하는 아버지에게 나는 그만 참지 못하고 성질을 내고 말았다.

"아버지, 도대체 엄마가 뭘 그리 잘못을 했다고 자꾸 그러세요? 엄마가 못하는 게 뭐 있어서요? 아버지도 그렇게 면전에서 자꾸 뭐라고 하면 기분 좋으시겠어요?"

기억은 정확히 안 나지만 이런 류의 반항이자 엄마를 위한 항변이었던 것 같다. 아버지는 그동안 별 말썽을 피운 적 없던 딸이 쏘아붙인 갑작스러운 일갈에 할 말을 잃은 것 같았다. 그러더니 이내 방으로 들어가 문을 쾅 닫았다. 그런 뒷모습을 보며 엄마가 입을 열었다.

"얘, 아버지가 딸내미를 얼마나 좋아하는데, 너무 그러면 아버지도 서운해."

이게 뭐람! 나는 누구를 위해 성질을 낸 건가. 엄마는 내가 편을 들어줬는데도 딱히 나를 '아군'으로 생각하는 것 같지 않았다. 급기야 아버지에게 사과하라는 엄마. "에잇!" 화를 내며 나도 내 방으로 들어가 버렸다.

애틋했던 딸에게 아버지가 느낀 배신감을 조금이라도 이해하려 애쓰며 며칠 뒤 나는 아버지에게 쭈뼛쭈뼛 사과했다. 아버지는 "성질머리 좀 고쳐라."는 한마디로 서운함을 갈음하며 내 사과를 받아들였다.

부모의 냉전 앞에 서는 것은 자식으로서 맞는 인생 최대의 시험이다. 슬픈 건, 그걸 경험하고 '나는 그렇게 살지 않으리' 다짐한 자식이었다 해도 나중에 그와 반대되는 모습의 부모가 되리라는 보장이 없다는 것이다. 나는 아이들 앞에서 남편을 핀잔하는 것을 멈출 수가 없다.

"엄마, 아빠가 뭘 잘못했다고 그래요?"

딸들에게서 이런 말을 들을 날을 상상하면 벌써 남편이 부럽다. 아이들은 그때 아빠 편을 들 것이 아닌가. 그게 싫으면 지금부터라도 남편에게 잘해야겠는데. 더 늙기 전에 조금씩이라도 이 버릇을 고쳐갈 수 있을지 장담할 수가 없다.

총량의 법칙

'왜 하필 지금……'이란 생각을 내가 했었는지 안 했었는지 정확히 기억나지 않는다. 분명한 것은 엄마가 환갑의 나이에 두 번째 뇌경색을 맞았다는 소식을 들은 직후, 그동안 온갖 방법을 동원해 늘리려고 노력했던 내 모유량이 현격히 줄었다는 것이다. 스트레스를 감지하는 신체의 능력은 경이로울 지경이다. 둘째의 수유는 생후 한 달 만에 분유로 완전히 전환했다.

엄마 노릇은 쉽지 않았다. 어린 첫째를 옆에 두고 이제 갓 둘째를 낳은 시점에서는 더더욱. 미혼 시절 때때로 내가 없어도 잘 굴러가는 가족의 모습을 책임감 회피의 구실로 삼았던 것처럼 육아를 도와주는 손길이 부재하다는 사실을 나의 어설픈 엄마 노릇에 대한 좋은 변명으로 삼으려 해봤다. 혹은 도움이 없으니 나 혼자 더 잘해낼 것이란 오기도 부려봤다. 하지만 뇌에 손상을 입은 친정엄마가 걷지 못한다는 사실은 좋은 변명거리로만 삼기에는 너무, 큰일이긴 했다.

부모님이 생계를 걱정하던 내 유아기의 아련한 기억을 빼면 줄곧 어려움 없는 어린 시절을 보냈다. 공부하라는 잔소리로 못살게 굴거나 진로에 대한 주도권을 쥐고 자식을 흔들 줄은 전혀 모르는 부모였기에 '내 인생에 그 어떤 어려움이 와도 내 부모 때문은 절대 아닐 것'이라는 믿음과 확신이 있었다. 오히려 엄마, 아버지는 인생 모든 난관 앞에서 나를 믿어주고 지켜줄 든든한 버팀목과 같다는 생각이 내 마음에 자리 잡고 있었다. 그랬던 믿음이, 엄마가 쓰러진 후 오랜 시간 고개를 들지 못했다.

아이를 키우는 엄마들끼리 "모든 아이에게는 속 썩임 총량의 법칙이 있다."고 얘기하곤 한다. 어릴 때 말 안 듣던 아이가 커서 효자가 되고, 어릴 때 순하던 아이도 커서 언젠가 한 번은 속을 썩인다. 지나고 보니 부모에게도 그런 법칙이 통할 수 있겠다는 생각이 든다.

내가 설령 '왜 하필 지금이야, 어린 애들 키우기도 바쁜데'라는 생각을 했었다고 해도 그것이 그리 효용성 있는 한탄은 아니었을 거다. 그때가 아니더라도 부모가 자식을 힘들게 하는 시간은 언제라도, 어떤 형태로라도 결국 찾아왔을 것이므로. 그때 예상을 했어야 했다. 나의 부모의 속 썩임이 아주 오래갈 것임을. 그래서 나에게도 부모를 원망하는 시간이 올 수 있음을. 그리곤 마음의 준비를 단단히 했어야 했다. 그랬다면 조금 더 엄마를 이해하며 지낼 수 있었을 텐데. 엄마의 '속 썩임'을 그러려니 받아들이며 향후의 시간을 좀 더 평정심을 가지고 보낼 수 있었을 텐데.

신호

살다가 가끔 모종의 징후가 감지될 때가 있다. 대부분은 믿고 싶지 않아 외면한다. 내가 무슨 도사도 아니고 불길한 예감이 맞을 것이라 여기는 것도 오만이 아닌가 싶다. 특히 부모에 대한 일이 더 그렇다. 아이는 평소와 조금만 다르게 행동해도 어디 아픈 건 아닌가 싶어 병원에 달려가지만, 부모에 대해 불길한 징후가 보이면 신중함을 핑계로 망설임 혹은 게으름을 정당화한다.

내가 어렸을 때부터 보험료가 이 세상에서 가장 아까운 돈이고 보험 드는 사람이 제일 바보 같다고 했던 엄마. 결혼 후 남편과 나의 보험을 하나씩 들면서 그런 엄마가 어디선가 내 뒤통수를 지켜보는 느낌이었다. 보험 가입이란 게 마치 들킬까 무서워 숨어서 먹던 과자 같았다.

두 번째 뇌경색을 맞고 다리를 못 쓰던 엄마는 한 달 만에 두 발로 걸어서 병원을 나왔다. 그럼 그렇지, 10년 전에도 회복된 병, 시간이 흐른 만큼 의술도 발전했을 텐데 못 고칠 리가 없다며 가족들은 환호했다.

엄마는 앉았다가 일어설 때 발을 약간 타닥, 딛는 것을 빼면 전혀 환자로 보이지 않았다. 오히려 나는 의외의 순간에 엄마의 변화를 감지했다.

"너희는 보험을 얼마나 들었니?"

"뭐 조금."

"그래서 한 달에 보험료로 얼마 나가냐고?"

"그냥 조금. 에잉, 뭘 알려고 그래요?"

"(갑자기 화내며) 그게 뭐라고 숨기니? 물어보는데 말도 못 해줘? 자식을 키워놔도 하나도 소용이 없어. 다 숨기려만 들고. 에효."

내가 왜 보험에 대해 말하기를 꺼리는지 엄마도 눈치채지 못했지만 나도 엄마가 왜 갑자기 보험을 궁금해하는지 당시에는 이해하지 못했다. 병원에 입원해 본 엄마는 아마도 보험에 대한 생각이 달라졌을 것이다. 그렇다고 해도,

내 말에 그렇게 서운해할 일인가? 엄마가 이상해 보였다.

오랜만에 옷을 사 입고 친정에 간 날도 비슷했다. 아이 낳고 키우느라 몸이 불어 입을 옷이 없던 중 밝은색을 입고 싶은데 매장에 파스텔톤 옷이 없었다. 조금 강한 붉은색과 타협해 사서 입고 갔는데 엄마는 나를 보자마자 인상을 찌푸렸다.

"옷이 그게 뭐니? 새빨간 게."

"오랜만에 밝은색 좀 샀어. 내가 어릴 때부터 엄마 눈에 길들여지다 보니 옷이 온통 갈색이랑 베이지밖에 없잖아(엄마는 내가 어릴 때부터 항상 갈색, 베이지, 검정 옷만 사주었다). 좀 색다르게 한 벌 사 본 건데 그렇게 이상해?"

"그래서, 넌, 내가 어두운 색 옷을 사 준 것에 반항하는 마음으로 일부러 그 옷을 샀다는 거야?"

"아니 엄마, 그게 무슨 소리야? 누가 그렇대? 그냥 오랜만에 새로운 걸로 하나 사봤다고. 별것도 아닌 것 가지고 왜 예민하고 그래요?"

나이 들어가는, 아파가는 부모가 평소와 다른 태도를 보이면 그것은 어떤 징후나 신호일 것이라 여기며 걱정해야 한다. 아프기 전과 다른 예민함이 엄마의 입력 혹은 해석 장치에 이상이 생겼음을 알리는 신호일 거라 짐작했으면서도 이후 엄마 입장에서 더 깊이 걱정해 보지 않았다. 앞으로는 엄마에게 말조심해야겠다는 방어기제만 작동했을 뿐.

팔자

인생의 운명 운운하며 사주를 찾아보는 일을 결혼 전에도 안 한 것은 아니지만 그건 어디까지나 재미를 위해서였다. 사주에 운명을 맡길 것이었다면 나는 지금의 남편과 결혼하지도 않았다(그때 사주를 믿을 걸 그랬다는 후회가 아주 없는 것은 아니다). 본격적으로 운세, 사주 같은 것들에 관심이 간 것은 엄마가 아프고 나서다.

두 번째 뇌경색 발병 이후에도 전반적인 일상생활에 문제가 없던 엄마가 그로부터 2년 후 정반대 증상인 뇌출혈이 생긴 이유를 나는 정확히 알지 못한다. 단지, 뇌경색 치료를 위해 지속적으로 엄마가 먹던 혈전예방약 아스피린에는 반대로 뇌출혈을 유발하는 부작용이 있다는 것을 나는 최근에서야 책을 통해 알았다.

엄마는 언제부터인가 자주 코피를 흘렸다. 아버지는 엄마의 정기 검진이 얼마 안 남았으니 조금 기다려 보자 했다. 평소 계단 오르내리기 운동을 자주 하던 엄마는 코피가 자주 나던 기간 중에도 그 운동을 계속했고, 어느 날 계단을 오르다 뒤로 넘어져 머리를 바닥에 부딪혔다. 겨우 정신을 차리고 집으로 돌아온 엄마는 구토하기 시작했다. 응급실로 실려 간 뒤 뇌출혈 진단을 받았다.

뇌를 '제대로' 다친 후 엄마는 결국 정상적으로 걷지 못하게 되었다. 오른쪽 다리가 말을 듣지 않아 왼발로 탁! 내디디고 오른발로 찌익~ 끌었다. 워커, 즉 걸음 보조기는 필수였다. 말도 어눌해졌다. 다른 사람이 말을 걸지 않으면 먼저 입을 열지 않았다. 질문에 답할 때 총기란 없었고 성의 없이 건성인 듯 보였다. 왠지 모르게 멍해 보이는 엄마는 이전과는 전혀 다른 사람이었다.

내가 다섯 살과 두 돌 아이를 키우는 때였다. 남편은 새로운 일을 찾아본다고 퇴직과 이직을 반복했다. 친오빠네는 갑자기 형편이 어려워졌다.

나는 열성적으로 사주를 보기 시작했다. '카운셀러'라는 이들을 만나기도 했고 인터넷에서 쉽게 볼 수 있는 무료 운세도 자주 들췄다. 모두들 내 30대는 힘든 시기라고 말했다. 내가 인생이 피는 건 50세가 넘어서라고 했다. 그런 말을 안 믿는 것보다는 믿는 것이 마음이 편했다. 그러지 않고서야 이 모든 난관이 한꺼번에 올 수는 없었다. 오직 아이 걱정만 하면 되는 다른 전업주부들이나 부모님이 아이를 봐주어 하루종일 나가 있을 수 있는 워킹맘들이 부러웠다. 나는 생계와, 육아와, 부모까지 모든 것이 걱정이었지만 그저 그런 때라고. 시간이 지나면 다 괜찮아질 거라고 믿는 게 더 마음이 편한, 그런 시기였다.

PART 3

사라져 간다

원하지 않은 덤

엄마가 뇌출혈로 응급실에 실려 갔던 날, 아버지는 당신의 하나 남은 동생의 장례식에서 상주 역할을 하고 계셨다. 오랫동안 방광암을 앓던 나의 작은아버지는 병중에도 좋아하던 술을 끊지 않고 항암 치료도 받지 않은 채 집에서 연명하셨다. 그렇게 살다 가겠다는 것이 그분의 소신이었다. "인생 얼마나 산다고, 목숨에 목숨 걸고 싶지 않다."는.

아버지는 내 전화를 받고 작은아버지의 상(喪)도 제대로 마무리하지 못한 채 엄마가 실려 간 병원으로 달려왔다. 오빠는 처음부터 엄마와 있었고, 나중에는 퇴근한 남편과 육아 바통 터치를 한 내가 엄마 곁으로 달려가 피곤한 아버지와 간병 바통 터치를 했다.

대학병원에서는 엄마에게 뇌출혈 판정만 내렸을 뿐 입원할 병실이 없으니 다른 병원을 알아봐 준다고 했다. 새로운 병원은 집에서 꽤 먼 곳이었다. 오빠와 나는 사설 구급차를 동원해서 엄마를 이동시켰다. 내가 구급차에 엄마와 동승했다.

이미 컴컴해진 시간, 시끄러운 사이렌을 울리며 달려가던 구급차가 갑자기 도로 한복판에서 멈춰 섰다. 보조석 앞문이 열리고 다른 차 운전자와 대화가 오갔다.

"아휴, 구급차잖아요. 지금 뇌출혈 응급 환자가 타고 있다고요."

구급차가 자신의 차를 추월했다며 화가 난 그 운전자는 한참 동안 우리를 가로막고 서 있다가 마지못해 차를 빼줬다. 지금 같으면 징역감인데, '세상에는 참, 뱃속에 화를 품고 사는 사람들이 많구나'라고 잠시 생각했을 뿐 우리는 그를 그냥 보냈다. 아마 아픈 엄마를 앞에 두고 더 이상 일을 키우고 싶지 않았던 자식의 무의식적인 반응이었던 것 같다.

오랜 시간 달린 끝에 병원에 도착해서 수속을 밟을 때까지 응급실에서 기다렸다. 엄마를 침대에 누이고 기다리는 동안 옆 침대에서 무언가 모르게 불안한 기운이 느껴졌다. 환사는 언뜻 봐도 매우 고령의 여성이었는데 그 가족들은 의료진과 함께 계속 서성거렸고 서로 흥분하여 고성의 대화를 나누기도 했다. 조금 후, 간호사가 그 침대 곁으로 가서 커튼을 가렸다. 얼마 지나지 않아 배설물 냄새가 심하게 풍겨왔다.

잠시 화장실에 다녀왔다. 그 사이, 그렇게 부산스럽던 옆 침대가 비어 있었다. 모든 상황이 종료된 듯했다. 기분이 이상했다. 엄마는 어떻게 될까? 우리도 저렇게 정신 못 차리고 웅성대다가 갑자기 조용해지는, '종료'의 시간을 맞는 날이 오려나.

이후에도 엄마를 돌보며 자주 드나든 병원이라는 곳에서는 다양한 삶과 죽음을 만났다. 그 목격을 통해 내 부모의 '종료'를 상상하게 되는 것은 마치 과일 가게에서 썩은 과일을 덤으로 얻는 기분이었다. 내가 절대 원하지도 받고 싶지도 않았던 그런 '뽀너스'. 미리 알게 되고 상상하게 되는 것이 즐겁게 사는 데 별 도움이 안 될 때도 많다는 것을 나는 그즈음 깨달아 갔다.

밸런스 게임

가끔 지인들은 친정 부모가 자신을 얼마나 짜증 나게 하는지 털어놓곤 했다. 항상 경제 상황이 안 좋아서 매번 손을 벌리는 부모와 형제들에게 진저리가 난다고 했다. 아예 관계가 틀어져 친정 식구들과 만나지 않는 이도 있었다. 찾아뵐 때마다 원하지도 않는 음식과 물건을 싸주면서 베풀었다고 생색내는 친정엄마가 너무 싫다는 이도 있었다. 육아를 대신해 주는 친정엄마의 잔소리에는 아무리 화가 나도 말대답하기가 죄스럽다고도 했다.

그런 이야기를 들으며 참 힘들겠다, 싶었다. 나였어도 가족들과 그렇게 감정을 긁어대는 소모적인 상황은 도저히 참기 힘들 것 같았다. 그렇게 공감을 하면서도 그들의 토로에 대한 내 반응은 언제나 한결같았다.

"그래도 아픈 엄마보단 낫잖아."

아무도 내 말에는 토를 달지 못했다. 대화는 항상 그렇게 끝났다.

다시 정상적으로 걷는 것을 기대할 수 없게 된 엄마는 치매 진단도 받았다. 치매라면 알츠하이머에만 익숙한 사람들은 엄마가 가족을 알아보는지부터 궁금해했지만 엄마의 치매는 그런 게 아니었다. 뇌질환의 후속으로 발생한 '혈관성 치매'인 엄마는 가족을 다 알아보고 특정 기간에 대한 기억력도 나쁘지 않았지만 언어능력이 현저히 떨어져 평소 먼저 입을 여는 일이 없었다. 오늘 날짜, 유명인 이름, 주소 같은 것을 물어보면 엄마의 동공은 불안한 듯 흔들리며 단어를 찾아 헤맸다.

이상 행동도 생겼다. 어느 순간 조용하다 싶어 돌아보면 소리 없이 몸을 움직여 사고를 치곤 했는데 집 안 곳곳의 물건들이 꼭 한자리에 놓여 있어야 한다는 집착증으로 그 위치를 바로잡으려 성치 않은 다리로 이동하다가 꽈당, 넘어졌다. 음식에 이상한 것도 없는데 밥을 먹다가 뱉어내기도 했다. 화장실에 갈 때마다 꼭 휴지를 뜯어 주머니에 넣었고 한 번 사용한 이쑤시개, 볼펜들도 주머니에 욱여넣었다. 아버지는 빨래를 하다 보면 엄마의 바지 주머니에서 나온 휴지조각들이 다른 옷까지 망친다며 투덜대셨다.

가끔, 아프지 않았다면 마냥 좋기만 한 엄마였을까 상상해 봤다.

건강하지만 만나면 피곤할 정도로 잔소리가 많은 엄마

vs

제대로 말 한마디 못하지만 이상한 사고를 치고 다니는 치매 엄마

최근 유행하는 밸런스 게임처럼 둘 중 하나를 고르는 일은 난감하기 그지없었지만 나는 혼자 머릿속에서 시뮬레이션을 돌리다가 항상 첫 번째, 잔소리 많은 엄마를 골랐다. 그리웠기 때문이다. 아프기 전의 엄마 모습, 그러니까 두 번째 뇌경색이 발병하고 순차적으로 뇌출혈, 치매를 앓게 된 시간 동안 서서히 잊혀버린 엄마의 옛 모습 말이다. 부지런히 일하고 살림하며 우리 집을 일으켜 세운 그 단단한 모습의 엄마를 다시 볼 수 없다는 사실이 엄마가 아프다는

사실보다 더 슬펐다. 나의 밸런스 게임은 의미 없이 반복되었지만 그 결론은 항상 같은 선택으로 끝을 맺었다.

허기

You are what you eat.

당신이 먹는 것이 곧, 당신이다.

이 문장을 처음 접하고는 섬뜩했던 기억이 있다. 건강을 위해 좋은 음식을 잘 조절해서 먹어야 한다고 권고하는 이 문장이 이상하게 내게는 빈부로 나뉜 이 사회를 가장 극명하게 나타내는 것처럼 느껴졌다. 좋은 집, 좋은 차만큼이나 사람들은 자신의 부와 지위에 따라 음식을 선택할 여유를 가진다. 먹는 음식의 종류와 가격, 그리고 그 음식을 대하는 태도가 그 사람을 대변하는 것이라고 이 문장을 해석하니 문득 현실에 대한 서늘한 냉기가 느껴졌다.

본격적인 치매가 오고 나서 엄마는 눈에 보이는 음식에는 무조건 손을 갖다 대는 식탐 증세가 생겼다. 식구가 모여 식사할 때면 상에 음식이 다 차려지기도 전에 날렵하게 손을 뻗어 보이는 대로 허겁지겁 입으로 가져갔다. 음식이 뜨거워도, 양념이 손에 묻어도 상관없었고 배가 부를 정도로 많이 먹은 후에도 계속 먹으려 했다. 음식이 남는 걸 엄마는 참지 못했다.

"냉장고에서 생고기를 꺼내서 먹는 시아버지 때문에 화들짝 놀랐다는 며느리도 있었어요. 식탐은 굉장히 흔한 치매의 한 증상이지요."

의사는 특별할 것 없다는 듯 말했지만 나는 엄마의 식탐에 보다 근본적인 이유가 있을 것 같았다. 음식에 대한 엄마의 태도가 무언가를 대변한다고 느껴졌다.

아버지는 40년생, 엄마는 48년생이었다. 형제도 많았던 두 분은 어린 시절부터 전쟁과 가난을 몸소 체험했다. 두 분에게 따뜻한 밥 한 공기가 얼마나 소중했을지 그리고 다행히도 어느 정도 돈을 벌어 자식에게 음식을 배부르게 먹일 수 있다는 것이 얼마나 행복했을지 어른이 되며 서서히 이해해 갔다.

'당신이 먹는 것이 곧 당신'이라는 문장을 내가 느낀 사회적 의미로 해석해 본다면 그리고 그 기준으로 우리 가족의 사회적 지위를 따져본다면 그리 미천하지는 않았던 것 같다. 난 어린 시절 매 끼니를 충분히 먹고 자랐고 가족의 가장 큰 지출이 식비였다는 것도 알고 있었으니까. 그러나 가난을 경험한 부모는 자식에게 넉넉한 만찬을 차려줄 수 있게 된 다음에도 음식 남기는 것을 가장 큰 죄로 여겼다. 우리에게도 항상 그걸 강조했고 부모님이 나이 들어서도 그 태도는 변하지 않았다.

치매 후 선명하게 드러난 엄마의 식탐은 사실 치매로 인한 새로운 이상 증세라기보다, 평생 온몸에 배어 있던 음식을 아껴야 한다는 생각이 다른 이성을 모두 걷어낸 다음에도 그대로 남아 있는 것이라고 나는 자의적으로 받아들였다. 그래서 엄마의 식탐을 보며 엄마의 어린 시절을 연민했다. 눈에 보일 때 먹어야 하는 불안감. 쌀 한 톨이라도 남겼을 때 밀려오는 죄책감으로 점철되었을 엄마의 어린 시절을. 엄마의 허기는 영원히 채워지지 않을 것이었다.

분실(紛失)

글을 쓰려다 단어가 생각이 안 났다. 물건을 잃어버린 것은 '분실'이라고 하는데 사람을 잃어버리면 뭐라고 하나. 없어진 사람은 '실종되었다'고 하는데 내가 누군가를 잃어버리면 그건 뭘까. 분실? 유실? 상실?

사전을 뒤지며 '분실'의 한자가 '어지러울 분(紛)'에 '잃을 실(失)'이라는 것을 알았다. 무언가를 잃어버려 마음이 어지러워지는 정도로 치자면 그 무엇보다 사람을 잃는 일이 최고 아닐까? 특히 내 아이, 가족을 잃어버린 그 혼란스러움과 황망함을 무엇과 비교할까. 그러면 '분실'이라는 단어를 사람에게 써도 되지 않을까.

부모님은 나를 처음 잃어버렸던 상황을 무용담처럼 말하곤 했다. 엄마가 장사하던 양품점 앞에서 아장아장 걸어 다니던 돌쟁이가 갑자기 없어졌단다.

"엄마랑 아빠랑 얼마나 놀랐는지 눈이 확 뒤집혀서 사방을 찾아 헤매는데……."

엄마는 '눈이 뒤집혔다'는 표현에서 사뭇 진지했다.

"나중에 경찰서에 있다는 소식을 듣고 달려갔는데 네 얼굴이 말이야, 얼마나 울어댔는지, 눈물로 뒤범벅이 되어서, 완전히 꼬질꼬질해서는!"

'꼬질꼬질'을 엄청 큰 소리로 강조하면서 슬슬 입꼬리가 올라가더니

"애가 어쩜 그렇게 쉼 없이 울어대냐고 경찰이 우리를 타박하는데, 참 내, 얼마나 민망하던지! 호호호!"

이야기를 마무리하며 부모님은 히죽 웃었다. 이 에피소드의 결론은 '우리 딸은 울보다'였다.

초등학교 때 온 식구가 가락동 수산시장에 갔을 때는 내가 어느새 가족과 떨어져 다른 길에서 헤맸다. 분명히 오빠가 내 이름을 외치는 걸 듣고 달려갔는데 사실은 전혀 반대 방향이었다. 점차 멀어지는 동생을 목이 쉬도록 부르던

오빠는 정신없이 달려와 내 어깨를 잡았다. 나중에 엄마는 "네 오빠가 얼마나 열심히 너를 쫓아가던지!"라며 삼탄했다. 이 에피소드의 결론은 '믿음직한 큰아들의 갸륵한 여동생 사랑'이었다.

이야기의 결론이 유쾌해질 수 있었던 것은 결국 나를 찾았기 때문이다. 부모님이 나를 영원히 못 찾았다면, 결국 찾았는데 몇 년 동안 전혀 다른 환경에서 살아온 나를 다시 만났다면 어땠을까. 김영하의 소설 〈아이를 찾습니다〉가 상상한 혼란과 어지러움이 내 부모의 가슴에 휘몰아쳤을 생각만으로도 눈이 아릴 정도로 끔찍하다.

아버지가 엄마를 '분실'한 건 엄마가 뇌출혈로 전혀 다른 사람이 된 지 몇 달 지난 때였다. 엄마는 치매의 전형적인 증상인 '배회증'을 보였다. 아버지가 외출한 틈을 타 혼자 보조기를 끌고 무작정 밖으로 나간 엄마는 차가 다니는 큰길까지 나갔다가 한 행인에게 이끌려 다시 집 쪽으로 돌아와 엄마를 찾아 헤매던 아버지를 만났다.

"할머니가 혼자서 얼마나 위험하게 횡단보도를 건너시는지! 제가 집을 물었더니 이쪽 방향을 가리키시더라고요."

이렇게 고마운 분이 다 있나. 같은 일이 또 한 번 발생했을 때 엄마는 경찰에 이끌려 돌아왔다. 엄마가 집이 어느 방향인지 알았던 것만으로도 다행이었다. 당시 친정과 멀리 떨어져 살던 나는 사건이 종료된 다음에서야 후일담을 듣고 가슴을 쓸어내렸다. 아버지가 외출할 때는, 집 안에 있는 엄마가 혼자 문을 열기 어렵도록 도어락뿐 아니라 열쇠로 잠그는 손잡이까지 다 잠그고 나가시라고 여러 번 주의를 드렸다.

엄마를 다시 찾았지만 이 에피소드의 결론은 유쾌하지 못했다. 이런 황당한 일을 저지를 정도로 엄마의 상태가 안 좋아졌음을 인지한 가족들의 마음에는 돌덩이가 내려앉았다. 불안해하던 나에게 어느 날 현수막 하나가 눈에 들어왔다.

지문 등 사전등록제 : 18세 미만 아동, 지적장애인과 치매질환자 중 보호자가 원하는 사람

당장 엄마를 데리고 경찰서로 가서 지문을 등록했다. 어린이집이나 집에서 보호자가 24시간 붙어 있는 아이들은 오히려 뒷전이었다. 에피소드의 결론은 유쾌하지 못할지라도 엄마를 영원히 '분실'하는 어지러운 일이 우리 가족에게 일어나서는 절대 안 되기 때문이었다.

진짜 엄마

치매 엄마의 말은 어디까지가 진심인지 알 수 없었다. 음식을 줘도 그냥 아무 소리 없이 먹었고 뭔가를 물어봐도 좋다고만 했다. 그래서 엄마에게는 모든 게 다 괜찮은 줄 알았다.

엄마의 다리를 고쳐보겠다고 먼 거리의 한의원에 다니던 때였다. 온 가족이 총출동해서 이번 주엔 내가, 다음 주엔 오빠가 엄마를 모시고 치료를 받으러 다녀왔다. 두 달이면 벌떡 일어나 걷게 해주겠다던 한의사의 말과 달리 시간이 흘러도 엄마의 다리 상태는 그대로였다. 아이 둘을 아버지에게 맡기고 남편과 내가 엄마의 치료를 위해 한의원에 다녀온 지 8주째 되던 날, '이번이 끝인데 엄마의 상태는 변함이 없네'라고 좌절하면서 집으로 향하던 그 날은 바람도 싸늘한 동짓날이었다.

집으로 돌아오며 팥죽이나 먹고 가자며 길가 자그마한 죽집에 들렀다. 요즘 흔히 볼 수 있는 프랜차이즈 죽집이 아니었다. 이런 곳이 더 맛있는 숨은 고수일 거라며 몸 불편한 엄마를 부축해 식당으로 들어가 팥죽을 먹었다. 엄마는 그저 조용히 먹기만 했다. 그리고 우리는 집으로 돌아왔다.

"아버지! 저희 팥죽 먹고 왔어요!"

인사 대신 보고를 하며 집에 들어선 순간, 아버지의 대꾸를 들을 새도 없이 엄마가 먼저 입을 열었다.

"되게 맛없었어."

흠칫 놀란 나는 엄마를 돌아봤다. 표정은 무덤덤했다. 그 얼굴로 무심하게 툭, 던지는 그 말이 더 진짜로 느껴져 진심으로 엄마에게 미안해졌다. 그렇게 맛이 없었구나. 아무거나 주면 달려들 듯 먹어 치우던 엄마의 미각도 아직은 살아있구나. 난 그 후로 밥상 한 번을 차려도 엄마의 눈치를 보게 되었다.

온 가족이 펜션 여행을 갔던 날도 엄마는 속마음을 드러냈다. 고기를 구워 먹고, '불멍'을 하고, 어린아이들은 유행하는 노래에 맞춰 춤도 추며 즐겁게 시간을 보낸 날이었다. 그런데 나는 마냥 즐거울 수가 없었다. 엄마가 자꾸 화장실에 갔고 나는 그런 엄마를 부축해서 왔다 갔다 하느라 음식을 제대로 먹지도 내 아이들을 제대로 돌보지도 못했기 때문이다.

새벽에도 화장실에 갈 엄마를 위해 나는 엄마와 같은 침대에서 자기로 했고, 나의 '껌딱지'인 두 딸들 역시 같은 방에 잠자리를 폈다. 그런데 다 같이 잠이 들려고 할 무렵, 갑자기 큰아이가 구토를 시작했다. 그날 평소보다 많이 먹긴 했지만 이상한 음식은 없었는데, 왜 그런지 알 길이 없었다. 나의 화장실 수발은 엄마에게서 아이로 이어졌다. 아이는 몇 번을 더 화장실에 드나들었고 나는 그 뒤를 쫓아 등도 두드려 주고 입도 닦아주었다. 이미 침대에 누운 엄마는 잠들지 않고 나와 아이의 그런 모습을 물끄러미 바라보았다. 결국 아이까지 다 재우고 뒷정리를 한 뒤 나 또한 잠을 청하려던 순간, 엄마가 입을 열었다.

"네가 참, 힘들겠다."

가슴이 '쿵' 내려앉았다. 정작 당신 때문에 고생하던 딸의 모습에는 무심하다가 손녀 때문에 고생하는, 엄마 역할 하느라 힘든 딸은 눈에 들어왔나 보다. 그리고 애틋했나 보다. 아이를 낳은 딸의 육아를 도와주며 '나는 네 자식보다 내 자식이 더 안쓰럽다'라고 하는 친정엄마가 있다고 들었는데, 그때 엄마의 마음이 그런 것이었을까?

"에구, 우리 엄마가, 딸내미가 안쓰러워요? 안 그래도 돼요, 나 괜찮아. 어서 자요. 하하."

나는 순간 울컥했다가, '나를 진짜 힘들게 하는 건 엄만데, 그건 모르지?'라는 말이 목구멍까지 튀어나오려는 것 같아 그만, 헛웃음으로 무마해 버렸다.

엄마를 이해하려 읽어본 치매 관련 서적들은 치매 노인의 여러 특성을 설명해 주었다. 그런 내용을 읽다가 추측한 것이 있다. 치매 노인들에게서는 그들이 일생을 살며 내적으로 쌓아온 인간으로서의 본성이 다 드러난다는 것이다. 폭력성, 집착, 조급함, 충동성, 새로운 것에 대한 거부감, 이 모든 것은 그동안 병에 걸리기 전까지 억누르며 살아온 그 사람의 원래 성격이다. 그렇게 숨어 있던 본성이 이제 인생의 끝자락에서 만개하듯 발휘되는 것, 그것이 바로 치매의 이상 행동이라는 생각이 강하게 들었다. 그리고 엄마에게도 그런 점이 강하게 느껴졌다(물론, 의학적 검증을 받고 하는 말은 아니다).

휴지를 모으는 걸 보면 엄마는 극도로 절약하는 사람이었다. 모든 물건이 제자리에 있어야 한다는 결벽증을 보면 엄마는 그만큼 깔끔한 사람이었다. 가끔 음식에 대한 냉철한 평가를 날리는 것을 보면 음식 맛에 무척 예민한 사람이었다. 딸에게 힘들겠다고 툭, 말하는 걸 보면 그만큼 자식을 아끼는 사람이었다. 이 모든 날것의 감정을 모두 드러내면서 어쩌면 엄마는 살아온 인생보다 더 솔직해지고 자유로워지고 있는지도 몰랐다. 예전의 엄마는 사라졌지만 우리 곁에, 진짜 엄마가 다가오고 있었다.

PART 4

효, 도를 아십니까

부모 살아실제

엄마의 병환이 한창이던 때 나의 최대 고민은 자식으로서 해야 할 일이 어디까지인가에 대한 것이었다. 한창 어린 아이를 키우던 때라, 부모 노릇 배워서 아이들과 씨름하며 살아가는 것만으로도 정신없었던 나날들, 엄마까지 신경 쓰는 것에 스스로 한계가 지어지는 것은 내리사랑의 당연한 이치라 합리화할 수밖에 없었다.

그럼에도 이러한 자식 된 도리에 대한 일종의 방향성을 갖기 위해 나는 지푸라기라도 잡는 심정으로《논어》를 손에 쥐었다. '효'를 절대 가치로 믿고 따랐던 이 유교의 경전은 과연 자식의 도리를 어떻게 규정해 놓았을지, 보다 보면 길이 보일까, 싶었기 때문이다.

"부모가 살아 계시면 멀리 여행해서는 안 되며 여행을 떠날 때는 반드시 행방이 정해져 있어야 한다(父母在, 不遠遊, 遊必有方)."

-〈이인편〉

나는 부모님과 한집에 살지도 않으면서도, 엄마가 아픈 뒤에는 부모님 없이 아이들만 데리고 여행을 가는 것에 항상 마음이 불편했다. 종일 엄마를 돌보는 아버지를 놔두고 놀러 간다는 것이 미안했고 혹시라도 엄마가 응급실에 실려 갈 일이 또 생기지는 않을지 두려웠는데《논어》의 이 구절을 읽고, 불난 집에 기름을 부은 듯 내 마음은 더욱 심란해졌다. 아, '효'라는 것이 이런 것인가.

물론 시대에 맞지 않는 효 이론을 무조건 받아들일 필요는 없겠지만 고전을 통해 모종의 길을 찾고자 했던 나는 이 구절을 만나며 급작스러운 좌절감에 빠져버렸다. '그런가? 원래 부모님을 두고 멀리 가면 안 되는 건가? 부모님이 지방에 계셔서 1년에 한두 번밖에 못 찾아뵙거나 해외에 살고 있어 아예 몇 년간 부모님을 뵐 수 없는 이들은 그저 불효자일 수밖에 없는 건가?' 이런 의문이 꼬리에 꼬리를 물수록 '효'의 실체, '효'의 가치를 규정해 보고 싶은 마음은 더욱 강해졌다. 이후로, 현실에 맞으면서도 도리를 다하는 효의 길이 과연 무엇인지, 나의 고민은 계속되었다.

《논어》에는 효도와 관련된 구절이 몇 가지 더 나온다.

"부친이 살아 계실 때는 그의 뜻을 잘 살피고 부친이 돌아가셨을 때는 그의 행적을 잘 살펴서 삼년상을 지내는 동안 부친이 가시던 길을 바꾸지 않는다면 효성스럽다고 할 수 있다(父在, 觀其志; 父沒, 觀其行; 三年無改於父之道, 可謂孝矣)."

– 〈학이편〉

"효도란 부모가(자식의 다른 것에 신경 쓰지 않고) 오직 자식의 질병에 대해서만 걱정하는 것이다(父母唯其疾之憂)."

– 〈위정편〉

"부모의 나이는 알고 있지 않으면 안 되니 한편으로는 그로써 기뻐하고 한편으로는 그로써 두려워한다(父母之年, 不可不知也. 一則以喜, 一則以懼)."

– 〈이인편〉

이 중 가장 내 마음을 사로잡은 것은 위정편의 내용이다. 아무리 괜찮다고 말해도 자식 걱정을 사서 하는 부모들. 그들이 자식의 건강과 질병에 관한 일 외의 걱정은 아무것도 안 하게 해드리는 것이 바로 효도라는 뜻의 이 문장은 아이 둘을 키우는 부모 입장에서 생각해 봐도 무릎을 탁, 칠 만큼 공감되는 말이었다.

《논어》를 읽고 전통적인 효에 대해 생각해 보는 것만으로 아픈 엄마, 힘든 아버지 앞에서 나는 얼만큼의 돌봄을 해야 최소한의 자식 노릇을 하는 건지, 그리고 나는 언제쯤 부모로부터 자유로운 마음으로 살아갈 수 있을지에 대한 답을 찾을 수는 없었다. 오히려 유교적 효의 가치와 내가 살고 있는 세상에서의 효의 실체 사이에서 더욱 혼란스럽기만 했을 뿐이다.

이런 고민을 하던 시기는 한창 '타지에서 한 달 살아보기'가 유행하던 때였다. 글자 하나 더 익히는 것보다 가족끼리 떠나는 여행이 더 가치 있는 교육이라는 육아 조언이 여기저기서 들려왔다. 주변에서 이를 실제로 실천하는 이들도 많았다. 나도 그들처럼 아이들과 마음 편히 여행을 갈 수 있었으면 했다. 아니, 우리끼리가 아니어도 부모님이 함께 즐겁게 여행을 다닐 수 있는 상황이면 좋겠다고 생각했다. 주변에서 3대가 같이 여행을 다니는 걸 보면 그렇게 부러울 수 없었다.

그런데 내 마음이 이렇게 불편했을 뿐, 우리 네 식구는 종종 부모님 없이 여행을 다녔다. 할 건 다 하면서도 마음만 불편했던, 나는 그런 자식이었다.

방문 사절

엄마와 아버지가 새벽 장사를 하던 시절, 우리 집에 '가정부'라는 분들이 번갈아 들어와 살곤 했다. 당시에는 지금처럼 '가사 도우미'라는 전문성을 풍기는 말도 없었고 그분들이 서비스 교육을 받고 오실 리도 만무했다. 어린 내가 보기에도 '뭔가 사정이 있어 딱히 가실 곳이 없는' 분들이라는 느낌을 받았었는데, 어떻게 그렇게 생판 모르는 남과 같은 집에서 살았었는지 지금으로써는 도저히 상상이 안 된다.

어느 날 가정부 아주머니가 새로 들어오셨는데 이후부

터 이상하게 엄마가 사다 놓은 집 안의 간식들이 사라졌다. '어제 있던 과자가 어디로 갔지?'하는 궁금증이 며칠 동안 반복되었을 무렵, 가정부 아주머니는 이제 우리 앞에서 대놓고 많은 음식을 먹어 치우기 시작했다. 부엌이란 그분이 일하는 공간이 아니라 항상 무언가를 먹고 있던 공간이었다. 아버지, 엄마의 얼굴에서 그늘이 가시지 않더니 며칠 후 그분은 우리 집을 떠났다.

또 다른 분은 집에서 내내 기도만 했다. 밥은 차리는 둥 마는 둥 하고 혼자 방에서 중얼중얼거리고 이상하고 희한한 소리를 냈다. 종교가 없던 부모님은 무슨 신인지도 모를 대상에게 기도를 계속하는 그분을 보며 또다시 고개를 가로저었다.

부모님이 나가라고 하지도 않았는데 온 지 며칠 되지도 않아 사라진 분도 있었다. 당시 아버지가 큰마음 먹고 장만했던 고급 카메라가 그분과 함께 없어졌다.

우리 가족과 1년 넘게 함께 지낸 좋은 아주머니도 있었지만 결과적으로 이런 기억은 '남에게 가정일을 맡기는 것'에 대한 적지 않은 불신을 심어주었고 누구보다 아버지가 그 영향을 많이 받았다.

엄마의 병세가 심해지자 낮에만 엄마를 돌봐줄 주간보호

센터를 알아봤는데 목욕은 안 시켜주는 곳이 대부분이었다. 해줄 수 없냐고 물어보면 방문 요양사를 신청하라고 했다. 하지만 가정부에 대한 기억이 있는 아버지는 집에 가족이 아닌 타인을 들이는 일은 질색이라고 하셨다. 방문 요양사가 아픈 엄마와 아버지만 있는 집에 들어와서 잠시라도 함께 있는 걸 상상하는 것만으로도 아버지는 진절머리를 쳤다. 어쩔 수 없이, 차로 1시간 거리에 떨어져 사는 내가 자주 친정을 드나들며 힘에 부칠 아버지를 대신해 엄마를 목욕시켰다.

매일 집에서 어린 두 아이들을 목욕시키던 때였다. 이제 갓 아기 티를 벗고 쫑알거리는 아이들의 몸은 어찌나 포동하고 예쁜지! 어쭙잖은 손길로 스스로 씻겠다는 아이의 시도를 매번 꺾고야 만 것은 그 아이를 바라보는 나의 행복감이었다. 나는 매일 아이를 씻기는 것만으로도 충만한 기쁨에 빠져들었다.

그러다 친정에 가서 엄마의 몸을 씻기면 절로 인상이 찌푸려졌다. 마르고 늙은 몸. 30살이나 어린 딸이 하라는 대로 고개를 숙이고 팔을 들어 올리는 무기력한 몸. 그 몸을 봐야 하는 가슴 아픈 상황 자체가 달갑지 않던 나는 아이들에게 할 때와는 달리 짜증이 잔뜩 섞인 목소리로 엄마에게

'앉아라', '팔 좀 올려라'하며 굳은 목소리로 지시를 하곤 했다.

'하늘 같은 부모의 은혜'를 생각하면 엄마의 몸 또한 예뻐 보여야 하지 않을까? 아이를 돌보는 엄마들이 종종 '왜 내게는 모성애가 없는 듯 느껴질까?'라며 고민하듯이, '왜 나에게는 효심이 부족할까?'라는 자책만으로 가슴이 짓눌리는 날들이 반복되었다. 왜 나는 맛난 음식을 사드리고 함께 여행을 다니는 우아한 효도에만 머물면 안 되는지 한숨도 나왔다. 이런 생각이 과연 가져도 되는 심정인지 아니면 정말 자식으로서 하면 안 될 '몹쓸 생각'인지 판단하려는 시도 또한 계속 무위로 돌아가면서 엄마를 목욕시키는 일은 점점 더 기계적이 되고 있었다. 엄마를 씻기는 신체적 노동보다 이런 마음속 혼란이 더욱더 큰 숙제 같아 친정에 오는 발걸음은 점점 더 무거워졌다.

부모가 아픈 이유

아버지가 엄마를 직접 돌보는 일을 맡으셨다면 병원에 모시고 가고 요양 기관들을 알아보며 그들과 소통하는 것은 거의 나의 몫이었다. 그 과정에서 오빠와 많은 상의를 했고 그럴 때 형제가 있다는 것은 그 자체로 힘이 되었다. 하지만 아무래도 내가 엄마와 동성이고 친정과 더 가까이 살았으며 프리랜서로 일했기 때문에 아버지를 도와 엄마를 챙기는 일에 더 많은 시간을 할애한 건 사실이다. 일이 항상 바빴던 오빠는 내 보고를 받고 같이 상의해서 결정하는 일을 주로 했다.

여건이 되는 사람이 일하는 게 맞다고 생각하며 큰 불만이 없던 나도 가끔 일을 진행하며 외로움을 느꼈다. 요양원과 상담한 내용을 오빠에게 전하는데 그 자리에 없었던 오빠가 내용의 미묘함을 제대로 이해하지 못하면 '오빠도 같이 돌아다니며 상담도 하면 좋을 텐데'라며 답답한 마음이 들었다. 차라리 전달할 대상이 없었다면, 내가 외동이어서 어차피 내가 혼자 알아보고 결정해야 하는 것이라면 오히려 외로움과 답답함이 덜했으려나.

흔히들 부모에 관한 큰일을 치를 때면 형제가 많이 있어야 든든할 것이라 생각하지만 꼭 그렇지도 않다. 부모님이 병원에 드나들 일이 늘어나는데 형제들이 바쁘다는 이유로 자꾸 자신에게 일을 떠맡긴다고 불평하는 지인이 있었다. 혼자였다면 당연하다 생각했을 일도 다른 형제도 있는데 나만 한다고 생각하면 억울함이 먼저 밀려온단다. 나도 그런 감정이 없었던 건 아니다. 하지만 엄마 관련 일을 나만큼 하지 않는 오빠로 인해 느낀 서운함과 답답함, 외로움을 나는 오빠에 대한 부채감으로 일찌감치 지워냈다.

초중등 시절, 여느 현실남매와는 다르게 나에게 꽤나 권위적인 태도를 보인 오빠였다. 오빠는 부모님이 허락하는 일도 안 된다고 말하며 "엄마 아빠가 그렇게 오냐오냐하니까 애가 이렇잖아요!"라고 항의하곤 했다. 그리고 내가 오빠에게 한 번이라도 반항하려 들면 "너 오빠에게 감히!"라며 으름장을 놓았다. 다정다감까지는 바라지 못해도 세 살 위 오빠가 좀 더 편한 사람이었으면 좋겠다는 생각을 학창 시절 내내 하고 살았다.

오빠에게 일말의 애틋함을 느끼기 시작한 것은 내가 두 아이의 엄마가 되고 나서였다. 엄마, 아버지가 한창 새벽 장사를 하시며 남매 둘만 집에 남겨두고 일을 나가던 우리의 유아기 시절, 아마도 오빠에게는 항상 '네가 동생을 잘 돌봐야 한다'는 부모님의 단속이 주어졌을 것이다. 원래부터 원칙주의적인 데다 누가 강요하지 않아도 스스로 짐을 짊어지는 책임감 있는 성격의 오빠를 생각하면 그 작은 꼬마가 엄마, 아빠 말씀을 상기하며 여동생을 돌보는 책임에 얼마나 긴장했을지 나는 두 아이를 낳고 나서야 감히 짐작했다. 그리고 그때 느낀 오빠에 대한 미안함과 부채감은 20여 년 후 내가 엄마를 더 많이 돌보며 느낀 오빠에 대한 서운함을 상쇄하기에 충분했다.

부모가 아프기 시작하면 형제들 간 눈치 게임이 시작되는 건 어쩔 수 없다. 다들 먹고 살기 바쁜 세상에 일상과 일을 제쳐두고 부모 돌봄에 신경 쓰는 건 결코 쉽지 않다.

하지만 생각해 보면, 부모 자식 사이뿐 아니라 형제끼리도 평생 가족으로 살아온 복잡미묘한 감정이 있다. 각자의 일을 하고 가정을 꾸리며 남같이 살아온 시간 동안 정체되었던 그 감정이 부모의 병환으로 새로운 전기를 맞는다. 서로 일을 미루고 상처 주며 할퀴는 과정이 있겠지만 어쨌든 우리가 한 부모의 자식임을 깨달으며 문제를 풀어간다. 결혼 후 각자의 삶을 살며 데면데면하던 오빠와 그 어느 때보다 긴밀한 이야기를 나눈 것도 엄마가 아프고 나서다.

어쩌면 자식들에게 형제임을 잊지 말라고, 당신들이 없어도 형제끼리는 가족임을 상기하고 잘 협조하며 살아야 한다고 말하기 위해 부모님이 늙어가는 길이 그렇게도 다사다난한 건지도 모르겠다. 인생에서 일어나는 일에 이유가 없는 것은 없을 테니까, 난 그렇게 믿고 싶다.

효, 도를 아십니까

"나는 사실 부모님에게 효도할 생각도 없고, 내 아이들에게 효도 받을 생각도 없어. 정말 부모님이 편찮으셔서 신경 쓸 일이 생긴다는 건 상상만 해도 머리가 아파. 아무 일도 안 일어나고 때 되어 조용히 돌아가시면 얼마나 좋을까?"

"나는 불효자인가 봐. 친정엄마가 몸이 안 좋다는데, 나는 그 소리를 듣자마자 그냥 우리 부모님이 더 나이 들면 요양원에 가셨으면 좋겠다는 생각이더라고. 내가 모시고 싶은 마음은 하나도 없는 것 같아."

"저는 부모님을 보면 좀 답답해요. 왜 모든 것을 자식에게 희생하고 본인들은 챙기지 않고 살아오셨는지. 저는 나이가 들어도 그렇게는 못 살 것 같아요."

"나는 '효도'라는 개념이 왜 있는지 이해 못 하겠어요. 그냥 자식이건 부모건 각자의 인생을 사는 거지 누가 누굴 책임지고 뭘 그래요?"

"내가 아는 사람은 아버지가 돌아가시고 어머니가 혼자 지병이 있으셔서 요양병원에 모셨어요. 그런데 이번에 다른 병원으로 옮긴다고 하더라고요. 왜 그런 줄 아세요? 새로운 기관이 비용이 좀 더 싸대요. 그동안 어머님 가진 돈과 자식들이 각출한 돈으로 병원비를 충당했는데, 좀 더 저렴한 곳에 보내서 어떻게든 어머님 재산만으로 해결되도록 한다더라고요."

"딸이 있어 좋구나. 네가 효녀다. 지금은 좀 힘들어도 부모가 돌아가시고 나면 다 후회될 거야. 그러니 계실 때 잘해야지? 조금만 참아."

엄마가 아프고 나서 내가 주변에서 들은 부모 혹은 효도에 대한 다양한 이야기다. 우리나라에서는 사람마다 정말 다양한 교육관이 있지만 그나마 공교육이 최소한의 기준을 제시한다고 생각한다. 효도관도 그런 게 있었으면 좋겠다는 생각을 했다. 다수의 사람들이 공감할 수 있는 '공식 효도관'. 몇 년에 한 번씩 시대상을 반영해서 개정판을 내놓는 '효도 교과서'도 있으면 더 좋을 것 같다. 아픈 엄마를 바라보며 자식이 해야 할 일은 어디까지인지, 어느 만큼 해야 부모를 잘못 모셨다는 죄책감이 들지 않을지 너무도 헷갈리지만 그에 비해 이 문제에 대한 공통의 대화는 너무 부족하다는 생각이 들었다. 어느 누구에게 물어봐도 정답을 알 수 없는 자식 노릇의 길, 언젠가 엄마를 떠나보내기 전에 과연 그 길을 찾을 수나 있을지, 시간이 지날수록 그 막막한 감정이 머릿속을 짓눌러 왔다.

꿈이 뭐길래

아침에 밥을 먹으며 둘째 아이 얼굴에 짜증이 가득하다.

"어휴, 너무 이상한 꿈을 꿨어. 내가 유치원 때로 돌아갔는데 모두들 나에게 다시는 현재로 되돌아올 수 없다고 말하는 거야. 왜 그러냐고, 왜 돌아갈 수 없냐고 막 따지면서 화내고 울다가 꿈에서 깼어. 어휴, 지금도 짜증 나, 에잉!"

꿈이 뭐길래. 꿈은 꿈일 뿐이라고 무시하고 아이에게 괜찮다는 위로를 건네고 싶지만 나야말로 꿈에 자주 휘둘리는 사람이다. 안 좋은 꿈을 꿔서 무시하려 했지만 결국 안 좋은 일이 일어나 꿈의 예지를 믿어버린 적이 많았다. 얼마

전 꿈에는 아주 유명한 배우가 나와 슬픈 표정을 하고 있었다. 흔히 말하는 '복권 사야 하는 유명인 꿈'이라 하기에는 찜찜한 느낌이 많았는데 그날 난생처음으로 악플 세례를 받았다. 그 전날 글쓰기 플랫폼에 올린 영화평에 소위 낚시형 제목을 달았다고(나는 전혀 그럴 의도는 없었다) 혹평이 달린 건데 내 인생에 그렇게도 많은 비판을 받아본 건 처음이라 가슴이 벌렁거려 결국은 글을 내렸다.

엄마가 아픈 동안에도 꿈은 자주 나를 괴롭혔다. 꿈 자체만으로도 기분이 나쁜데 마치 예지몽처럼 그 며칠 후면 꼭 이상한 일이 일어나서 가슴이 싸한 적이 한두 번이 아니었다.

한 번은 꿈속에서, 우리 집에 와 있던 엄마가 갑자기 보조기를 끌고 밖으로 나가려는 걸 내가 막았다.

"엄마, 어디 가려고?"

"응? 네 작은아버지가 오라네? 가야 할 것 같아."

"그 돌아가신 작은아버지? 엄마가 거길 왜 가? 빨리 들어와. 가지 마."

"그런가? 가면 안 되나? 가지 말까 그럼?"

꿈속에서 내 질책을 받은 엄마는 다시 집으로 들어왔다. 이상한 기분으로 잠을 깬 그 날, 지인 한 명이 부친의 부고를 보내왔다. 문득 꿈속에서 엄마가 돌아가신 작은아버지를 따라 집 밖으로 나갔다면 그 부고의 주체가 달라졌으려

나, 하는 방정맞은 생각이 들었다.

한 번은 남편이 잠을 깨더니 갑자기 물었다.

"장모님은 괜찮으셔? 요양원에서 잘 지내시나?"

"갑자기 그건 왜 묻고 그래?"

골치 아픈 엄마 일을 잊으려 애쓰며 다른 일에 신경 쓰고 있는데 굳이 남편이 갑자기 엄마 안부를 물으니 짜증이 나서 곱게 대답하지 못했더니, 남편은 꿈을 꿔서 그런다고 했다. 꿈속에서 엄마가 홀연히 나타나 옅은 미소를 띠고 앉아 있었다고. 남편이 그런 말을 한 지 며칠 후 요양원에서 엄마의 몸 상태가 좋지 못하다는 연락을 해왔다.

가장 끔찍하고 신랄한 꿈은 쥐꿈이었다. 집 천장 위로 쥐가 득실거리고 있는데, 집 안에는 검은 옷을 입고 섬뜩한 표정을 지은 사람이 가로로 길게 누워 있었다. 내가 여러 번 나가라고 재촉한 뒤에야 무거운 몸을 들어 밖으로 나가버렸는데, 하도 그 꿈이 생생하고 소름 끼쳐 하루종일 마음이 불편했었다. 그런데 일은 다음 날 터졌다. 이른 아침 아버지가 연락이 와서는 전날 밤, 엄마가 떡을 먹다가 목에 걸려 숨이 막혔었는데 아버지가 응급처치로 살려내고는 구급차에 실려 병원에 입원해 있다는 것이다. 나는 "꿈이 말한 게 이것이었나."라고 중얼거리며 헐레벌떡 병원으로 달려갔다. 죽을 고비를 넘긴 엄마는 평안한 얼굴로 실실 웃으며 나를 쳐다봤다. 아버지가 엄마 목구멍에서 떡을 파내고 하임리히요법으로 숨을 텄다는 자초지종을 나에게 들려주고 나자 옆에서 멍하니 듣고만 있던 엄마가 한마디 툭 던진다.

"죽게 놔두지."

순간, 아버지와 나는 아무 말도 못 하고 서로 쳐다보다가 피식, 헛웃음을 내뱉었다.

프로이트는 "실제 외부에서 가해진 자극이 꿈에서 나타나는 이유는 외부 자극으로부터 수면 상태를 지키기 위한 것."이라고 말했다고 한다. 하지만 내 꿈은 그렇지 못한 것 같았다. 오랜 시간 이어진 엄마의 병환으로 인한 다양한 심적 혼란과 걱정이 내 잠에 깊이 침투하고 그 불안한 예감이 또 다른 현실이 되는 일의 반복. 꿈은 내 잠의 보호막이 아니라 내 깊은 불안을 선명하게 인증하는 증거 사진일 뿐이었다.

"죽게 놔두지."

저녁, 아버지를 집으로 보내고 잠든 엄마 곁에 홀로 앉아 엄마가 했던 말을 곱씹었다. 아무 생각 없는 것 같은 치매 엄마가 왜 사람 마음을 들었다 놓는 그런 말을 한 걸까? 그리고 나는 왜 그 말에 뜨끔, 놀랐을까? 몇 년 동안 이어진 엄마의 투병 생활로 온 가족이 지쳐 있던 시기였다. 사고로 인해 엄마가 죽을지도 모른다는 두려움을 안고 병원으로 달려오며 과연 나는 무슨 생각을 했던가. 혹시라도 하면 안 되는 생각을 한 건 아닐까. 도무지 마음이 정리되지 않았다. 꿈속의 득실거리던 쥐들이 내 마음을 헤집어 놓는 것 같았다. 집 안에 누워 있던, 그 음침한 얼굴의 이상한 사람을 내쫓지 않았다면 엄마에겐 과연 어떤 일이 일어났을까.

하루의 긴장, 걱정, 불안이 더해져 천근같이 무거워진 몸을 보호자 침상에 천천히 누이며 나는 긴 한숨을 내뱉었다. 가만히 생각해 본다. 오늘 엄마가 떠났다면, 지금 이 순간 이 세상에 엄마가 없다면 어땠을까. 정말 못 견딜 것 같았다. 정말 끔찍할 것 같았다. 지금 내 옆에 엄마가 누워 있다는 것이 얼마나 고마운지 몰랐다. 그때서야 온몸에 힘이 풀리고 눈시울이 뜨거워졌다. 나는 일부러 벽 쪽으로 돌아누워 흐르는 눈물을 훔쳐내며 조용히 속삭였다.

"엄마, 고마워. 살아줘서, 정말, 고마워."

아무것도 모른다

"야, 오늘 어땠는 줄 아니?"

전화기 너머 아버지 목소리가 심상치 않다.

"엄마를 휠체어에 앉혀서 집 앞 놀이터에 잠시 나가 있었는데, 갑자기 네 엄마가 바지를 내려 기저귀를 다 빼는 거야. 내가 동네 창피하게 왜 그러냐고, 그만하라고 하면서 네 엄마 등을 막 때리면서 못 하게 했지만 막무가내야. 그냥 빨리 집에 오려고 휠체어를 밀고 막 달려 들어왔지 뭐냐. 도대체 네 엄마 왜 그러니? 왜 그러냐고!! 엉엉."

엄마의 행동에는 항상 이유가 있긴 하다. 주간보호센터에서 샘 방지용으로 몇 겹씩 덧대준 기저귀가 불편했을 것이다. 하지만 이 행동이 지금 해도 되는 행동인지, 사람들을 의식해서 안 해야 하는 행동인지 구분하지 못하는 엄마는, 뭐든 머리에 떠오르는 대로 행동하고 만다. 뭔가가 불편하고 잘못되면 말하면 되는데, 원하는 것을 말로 표현하는 언어능력 또한 심각하게 떨어진 엄마가 걸린 병의 이름은 다름 아닌 '자기밖에 모르는 병'이다.

흔히 치매를 두고 '나보다 남이 힘든 병'이라고 한다. 환자 때문에 복장이 터지는 보호자와 달리 항상 멀뚱히 있는 환자는 아무것도 모르는 것 같아 세상 편해 보인다. 엄마를 돌보기 힘들어하던 우리 가족도 종종 말했다. "엄마는 참 편하겠다. 아무것도 모르니."

그런데 사실 그것도 아닌가 보다. 책을 찾아보니 치매 환자는 뇌의 이상으로 여러 심리적 불안을 느낀다고 한다. 보호자가 자신을 해칠 거란 망상에 시달리고 환경이 바뀌면 불안감에 이상 행동을 보인다고 한다. 시력과 청력이 안 좋아지는 노화로 인한 치매는 그 증상 자체로 몹시 불안해지거나 초조해지기 때문에 이상 행동을 했을 때 질책하지 않고 괜찮다고 안심하게 하는 것이 중요하단다. 발레리노를 꿈꾸는 70대 노인 이야기를 그린 드라마 〈나빌레라〉에서 치매에 걸린 남편의 증상을 모른척해 주고 이해하며 보듬어 주는 아내의 모습이 그려졌는데 치매 환자를 돌보는 보호자의 이상적인 모습 같았다.

이 글을 쓰기로 처음 마음을 먹고 얼마 뒤, 하루 날을 잡아 엄마의 10년 동안의 진료 기록을 뒤져봤다. 지난 기억이 가물거려 확인하려는 의도였다. 사실 진료 기록이란 딱딱한 언어로 단순한 문장들이 적혀 있는 서류 뭉치다. '낙상', '호흡곤란', '경색', '출혈' 등 가장 메마른 단어가 나열된 이 서류들을 한 장 한 장 넘기던 그 날, 나는 갑작스레 예상치 못한 서사에 빠져들었다.

엄마가 두 번째 뇌경색으로 다리를 못 써 응급실로 갔을 때, 그로부터 2년 후 계단을 오르다가 뒤로 넘어져 뇌출혈이 생겼을 때, 그 사이 폐렴에 걸려 입원했을 때, 부실한 다리로 집 안 베란다에서 넘어져서 멍이 들고 병원에 실려 갔을 때, 그리고 떡을 먹고 호흡곤란을 일으키다가 입원했을 때. 지난 10년간 엄마가 병원에 방문하거나 실려 갔을 때의 기록 위로 천천히 시선을 옮겨가다가 문득, 내가 그동안 간과한 것이 있음을 깨달았다. 항상 일이 일어나면 엄마를 뺀 나머지 가족의 고충에만 신경을 썼다. 각자의 일상으로 바쁜 식구들이 언제 얼마나 시간을 내서 엄마를 돌봐야 하는지 그 일정을 짜느라 정작 환자인 엄마에 대해서는 깊이 생각한 적이 없었던 것이다. 병에 걸려 아픈 사람, 즉 '환자'는 바로 엄마였는데도 말이다. 넘어지고 다치고 숨이 막혔던 순간에도 언어능력이 떨어진 엄마는 단 한 번도 '아프다'고 소리 내어 말할 줄 몰랐다. 그럼에도 얼마나 큰 절체절명의 두려움을 느꼈을지, '죽을지도 모른다'는 공포가 엄마를 얼마나 강렬하게 휘감았을지, 아프다고 하소연도 못하기에 더욱더 답답했을 엄마는 얼마나 고통스러웠을지.

감정이란 것이 단 한 번도 스치지 않은 듯 건조한 언어로 작성된 이 진료 기록이 이제야 나에게 그동안 보지 못했던 엄마의 아픔을 선명하게 그려주고 있었다. 엄마를 돌보는 나 자신과 아버지, 오빠의 입장에만 집중하느라 전혀 보지 못했던 엄마의 고통. 나는 책상 앞에 앉아 그것을 있는 그대로 마주했다. 그리고는 울컥, 가슴 속에서 솟구치는 오열을 맞이했다. 엉엉엉, 큰 소리로 울음을 터뜨렸다. 멈출 생각도 없이 길게, 오랫동안 울었다. '아무것도 모른' 사람은 엄마가 아니라 바로 나였다는 것을 그제서야 깨달았기 때문이다.

PART 5

엄마는 없는 엄마의 세상

이상한 나라

거리를 걷다가 사방을 둘러본다. 사람들이 바쁘게 걸어간다. 다들 비슷하게 생겼다. 별 어려움 없이 이곳저곳을 잘도 다닌다. 발을 딛고 단을 올라야 하는 버스도 잘 타고 몸을 구부려 넣어야 하는 택시도 잘 탄다. '미세요'는 안 되고 '당기세요'만 되는 문은 사실 문 바로 앞에 서 있으면 절대로 열 수 없지만 사람들은 모두 문에서 제 몸을 살짝 피했다가 다시 쏙 하고, 잘도 들어간다. 계단, 차로와 붙은 좁은 인도, 회전문, 비포장도로 등 수많은 난관이 도사린 이 거리를 사람들은 잘도 활보한다.

거리에 넘쳐나는 '다수의 사람들'에게는 일상적인 일들이 몸이 불편한 사람들과 그 보호자에게 얼마나 높은 벽인지, 나에게도 장애인 가족이 생기고 나서 새삼스레 알았다. 엄마는 '노인장기요양보험' 4급과 '뇌병변장애' 4등급을 받았다(2019년부터 단계적으로 폐지된 장애 등급제는 이제 경증/중증으로만 구분이 된다). '엄연한' 장애인이 된 것이었다. 물론 이런 등급제로 증명하지 않아도, 이제 엄마는 한눈에 봐도 거리를 활보하는 많은 이들과는 확연히 달랐다. 걸음이 불완전하다는 사실 하나만으로도 끊임없이 불편이 야기되는 이 환자에게 세상은 친절하지 않았다. 마치 앨리스가 이상한 나라에서 느꼈을 황당함처럼, 걸리버가 소인국에서 느꼈을 어색함처럼 버젓이 살아 있고 앞으로도 많은 세월 살아갈 준비가 되어 있는 치매 노인과 그 보호자에게, 세상 모든 것은 어색하고 불편했고 그런 우리를 바라보는 '다수의 사람들'의 왜곡된 시선이 그 불편함을 한층 더했다.

어느 해 어버이날 즈음, 친정 식구 모두 함께 펜션에 놀러 가기로 했다. 적당한 숙소를 고르고 예약을 하러 전화를 거니 세련된 목소리의 여성 주인이 전화를 받았다.

"휠체어 탄 분이 갈 거예요. 주차장에 차를 대면 바로 펜션 입구로 연결되나요?"

"네, 그렇긴 해요. 그런데 몸 불편한 분이 오시면 기물이랑 침구 사용에 유의해 주셔야 해요. 주말엔 바로 다음 손님이 오시기 때문에 문제가 있으면 수습할 시간이 없거든요."

차가운 말투로 잠재적 트러블메이커 취급을 하는 펜션 주인. 사지 멀쩡해도 요란한 음주 가무로 펜션을 난장판으로 만드는 사람도 있을 텐데. 오히려 이런 환자 손님일수록 어디 가든 사고를 안 만들려고 조심한다는 건 모르는 모양이다. 갑자기 욱, 해서 뭐라 한마디 하려다 잠시 숨을 고르며 생각을 바꿨다. 그리고 오히려 앞서 보다 더 부드러운 톤으로 말했다.

"예에, 그럼요, 조심할게요. 몸 편찮으신 엄마와 병간호로 힘드신 아버지 바람 좀 쐬게 해드리려는데 펜션이 너무 예쁘고 좋아 보여서요. 친절히 안내해 주시니까 참 좋네요."

라며 얼마나 이 나들이가 절실한지를 어필하고 아직 받지도 않은 서비스에 감사하다고 말했다. 나의 예의 바른 말투에 조금은 미안했는지 펜션 주인은

"네에, 필요한 것 있으시면 말씀하시고 어머님도 편히 쉬다 가시길 바랍니다."

라며 친절 모드로 바뀌었다.

이상한 나라에서 앨리스가 살아남게 하기 위해, 나는 점점 더 친절하고 공손한 보호자가 되어갔다.

왜 환자인가요

어린아이를 키우는 엄마들에게 아이가 유치원에 있는 시간은 단비와도 같다. '아이가 없어서' 좋은 게 아니라 '나만의 시간을 가질 수 있는 것'이 좋다.

엄마가 다닐 주간보호센터를 알아보기로 한 것은 아버지가 엄마로 인해 반드시 필요한 경우에도 외출을 하지 못했기 때문이다. 예의를 중시하는 아버지는 엄마를 돌보느라 사돈어른, 즉 내 시아버님이 돌아가셨을 때 문상도 오지 못한 것을 무척 안타까워하셨다. 아주 가끔 있는 지인들과의 모임에도 참석 못 한 지 오래이니, 답답하실 만도 했다.

주간보호센터는 한마디로 노인들의 유치원이다. 아침에 가면 초저녁에 돌아오고, 노래 수업이나 종이접기 등의 프로그램을 진행한다. 거리를 둘러보면 '주간보호센터'라고 쓰인 간판이 넘쳐난다. 그 많은 센터 중 어떤 곳을 골라야 할지 알 수 없었다. 건강보험공단에 물어봐도 특정 센터를 추천해 줄 수는 없다고 했다. 온전히 이름이 예뻐서 골라 찾아간 첫 번째 센터에서는 맑고 카랑카랑한 목소리에 마른 체구의 요양보호사가 우리를 맞았다. 50대 후반 정도로 보이는 그녀의 날렵하면서도 바지런한 품새가 나쁘지 않아 보였다.

"어머, 우리 어머님 피부가 정말 고우시네! 누가 환자라고 보겠어요! 아유, 눈웃음도 완전 매력적이셔!"

우리 가족의 덤덤한 성격과는 맞지 않는 과잉친절이다 싶었으나 우리는 그곳에 엄마를 보내기로 결정했다. 상담을 마친 후 센터를 나오면서 아버지가 물었다.

"아까 어떤 할아버지는 전혀 아프지 않고 멀쩡해 보이던데 그런 사람은 왜 저기 있는 거냐?"

사실 나도 센터를 둘러보다가 눈이 마주친 한 노인을 보고 그 생각을 했었다. 하지만 겉으로는 문제가 전혀 없어 보이는 노인성 알츠하이머 환자도 많고 그런 분들도 장기요양 등급을 받으면 이런 시설 요양을 선택할 수 있으니 그런 분 중 한 명이 아닌가 했다.

"기억력이 안 좋은 치매인가 보죠. 깜빡깜빡하는 분이 혼자 있으면 가스불을 안 끄는 등의 큰일이 일어날 수 있잖아요."

"야, 나도 맨날 깜빡깜빡하는데 요양원 가야 되냐?"

"에이, 아버지는 치매까지는 아니잖아요."

사실 겉보기에 환자가 아닌 듯 보이는 분들이 꽤 눈에 띄었지만 각자의 사정이 있으려니 생각했다. 난 대부분의 경우 의심을 하기보다는 믿는 쪽을 택하는 편이다.

엄마가 주간보호센터에 다닌 지 한 달도 되지 않아 우리를 상담했던 요양보호사가 전화를 걸어오기 시작했다.

"보호자님 안녕하세요, 어머님이 왜 이렇게 자주 돌아다니실까요?"

질문이 좀 이상했다. 엄마는 걸음이 불편하고 배회증이 있는 치매 환자다. 그녀의 질문은 '어머님이 왜 환자예요?'라고 묻는 말로 들렸다.

"네, 그게 원래 엄마의 증상이긴 한데요."

"화장실도 참 자주 가시더라고요."

"네, 그래도 조금만 도와주시면 보조기 끌고 가셔서 용변은 혼자 보실 수 있어요."

"우리 화장실이 센터 내부에 없고, 상가 건물 복도로 나가야 하거든요. 그러다 보니 걸음이 불안한 어머님을 보호사가 매번 따라가야 하는데 그럴 수가 없어요. 센터 안에서 다른 노인도 돌봐야 하거든요."

그제야 나는 요양기관 선택 시 기준으로 삼아야 하는 요소를 하나 알았다. 일단, 센터 내부에 화장실이 있어야 한다.

이런 식의 전화는 한 번으로 그치지 않았다. 보호사는 매번 '어머님이 이상하세요'라는 내용의 말을 전하러 전화를 걸어왔고. 그럴 때마다 "환자니까 그러는 거니, 잘 부탁드립니다."라는 말로 마무리하던 나도 지나치게 반복된 그녀의 토로성 전화에는 그만 어느 날, 언성을 높이고 말았다.

"아니, 원래 엄마 증상이 그런 걸, 어쩌라는 거예요? 환자니까 그 시설에 보내는 거잖아요. 우리가 어떻게 하길 원하시는 거예요?"

"다른 할머니, 할아버지들이 어머님을 싫어하세요."

'어머님, 다른 친구들이 아이를 미워해요'

유치원 선생이 내 아이를 두고 이런 말을 했다면 지금과 같은 기분이었을까. 보호사의 마지막 말은 한 방의 어퍼컷과 같았고 나는 말문이 막혔다.

나는 그동안 얼마나 눈치 없는 보호자였을까. 그 요양보호사는 매번 전화를 걸 때마다 '잘 부탁합니다'라는 말로 대화를 마무리하는 나에게 '아직도 못 알아듣네'라고 뒷말을 했을지도 모른다. 절대 직접적으로 '나가달라'는 표현은 쓰지 않으면서 끊임없이 전화를 걸어 사람을 피곤하게 만들고 결국은 우리가 먼저 질리도록 상황을 몰고 간 그녀. 나는 아버지와 상의해서 엄마를 그 센터에서 퇴소시켰다. 그곳에 처음 간 날, 아버지가 "왜 멀쩡한 사람들이 거기에 있느냐"라고 한 말씀이 맞았나 보다. 그 센터엔 그렇게, 보호사들이 돌보기 쉬운 '적당한' 환자만 받았나 보다. 그 환자들이 정말 깜빡깜빡하는 경미한 치매 증상이라도 있는 이들이 맞는지는 아직까지도 알 수 없다.

선택

"왜 어머님을 요양원에 안 모셔요? 그게 답인데."

당시 내가 근무하던 회사 상사의 말이다. 내가 엄마의 사정을 털어놓은 사람들이 한 말 중 가장 심플한 반응이었다. 아무리 말이 쉽다고는 하지만, 이건, 너무 쉽다.

주변에 있는 노인 중 요양원에 가고 싶다고 말한 분은 단 한 명도 없었다. 세상을 떠나기 얼마 전 시아버님을 잠시 요양병원에 모셨는데, 시어머님은 그걸 그토록 후회하셨다. 집 안에서 편안히 가시게 했어야 했는데, 갑자기 상태가 안 좋아지셔서 당장 돌봄이 급해 모셨던 요양병원에서는 움직임이 많은 환자의 손발을 침대에 묶어 압박하기도 하며 너무 괴롭게 생을 마감하게 했다는 것이다. 주변의 경험담을 들어봐도 요양원, 요양병원이란 절대 못 갈 곳이고 집에서 생을 마감하는 게 가장 좋은 일이라고, 시어머님은 몇 번을 강조하셨다. 이상하게 그 시기에는 나를 보실 때마다 그런 이야기를 자꾸 반복하셨다. 실제 요양원이란 곳이 모두 그런 '몹쓸 곳'인지는 알 수 없었다. 하지만 노인분들끼리 서로 주고받는 얘기는 그런 듯했다. 한창 엄마의 치매 증세가 심해지고 아버지마저 힘들어하시면서 '내가 직접 우리 집에 엄마를 모셔야 하나?' '그러면 남편은 또 얼마나 불편할까?' 등의 고민을 많이 하던 시기에 시어머님이 반복해서 내게 그런 말씀을 하시는 통에, 나는 순간적으로 화가 나서 야멸차게 말한 적이 있다.

"에고, 어머님, 그럼 어쩔까요? 제대로 걷지도 못하고 치매인 우리 엄마, 사위 보고 모시라 할까요?"

어머님은 당황하시며 그 순간 이후로 나에게는 요양원 이야기는 일체 하지 않으셨다. 때때로 내가 돼먹지 못한 며느리라는 걸 인정하지 않을 수 없다.

엄마는 첫 번째 센터와 비슷한 스타일의 - 직접적으로 나가라고는 안 하지만 다른 환자들에게 방해된다고 돌려 말하며 퇴소를 종용하는 - 두 번째 센터에서 역시나 한 달도 안 되어 퇴소했다. '이 세상 모든 요양기관들이 이런 식인가?'라며 좌절할 무렵 소개를 받아 알게 된 세 번째 센터에 엄마를 입소시켰다. 앞선 두 곳과 달리 헌신적으로 엄마를 돌봐준 이곳 주간보호센터에서 엄마는 2년여 동안 잘 적응하고 다녔다.

그럼에도 우린 아버지가 걱정이었다. 엄마의 이상 행동은 점점 더 심해지기만 했고 화장실 실수도 잦았다. 그런 60대 중반의 엄마를 돌보는 아버지는 이미 70대 중반이었다. 엄마의 지병이 없었다면 우리는 당연히 엄마보다 아버지의 건강을 먼저 걱정했을 것이다. 똑같은 병으로 아팠던 외할머니를 돌보다가 먼저 세상을 떠나신 외할아버지는 가족 모두에게 트라우마였다. 아버지는 나이 탓인지 새벽잠을 설쳤고, 아침에 엄마가 화장실 실수를 하면 그걸 다 처리한 후에 서둘러 준비시켜 센터에 보냈으며 그 후에 한숨 돌리며 낮술을 한잔한 뒤 피로에 젖어 깊은 낮잠에 빠졌다. 그러다 저녁 즈음 센터에서 돌아오는 엄마를 제때 마중 나가지 못할 때도 많았다.

"보호자님, 지금 어머님 모시고 집 앞에 도착했는데 아버님이 안 나와 계시네요? 전화도 안 받으시고, 무슨 일이실까요?"

센터에서 운영하는 셔틀 운전기사가 나에게 전화한들, 멀리 떨어져 사는 내가 할 수 있는 일은 없었다. 그저 아버지에게 연신 전화를 걸어보고, 몇 번의 전화벨이 울린 후 아버지가 전화를 받으며 잠을 깨면 그때서야 한숨 돌리고 안심할 뿐이었다.

자연스럽고도 조심스럽게, 엄마를 24시간 머무는 요양원에 입소시키는 일이 화두가 되었다. 하지만 엄마 입장을 생각하면 과연 그런 생각을 해도 되는 것인지 판단이 서질 않았다.

부모를 요양원에 맡기는 일. 말은 쉽게 할 수 있겠지만 가족들에게 그 첫 결정은 그렇지 않다. 물론, 반대의 경우도 마찬가지다. 부모를 요양원에 보내는 가족들에게 '왜 부모를 직접 돌보지 않느냐'고 쉽게 비난할 수 있겠지만 이 또한 가족 입장에서 생각하면 함부로 할 말이 아니다. 오빠와 나는 이 사안에 대해 오랫동안 이야기했다. 하지만 엄마를 요양원에 완전히 입소시키는 것을 내켜 하지 않았던 우리도 반대로 자식으로서 부모를 직접 모시는 것에도 조심스러운 태도였다. 순간적으로 치솟는 효심으로 병든 부모를 집에 모셨다가 너무 힘들어서 다시 번복한 사례를, 가까운 주변에서도 많이 들었다. 우리 서로, 쉽게 장담하지 말

자고 했다. 각자의 배우자와 자식들이 있는 상황에서 부모님에 대한 지기 어린 효심으로 책임지지 못할 일을 벌이지는 말자고 했다. 이렇게까지 이성적인 우리였지만 사실 확신하는 것은 아무것도 없었다. 어쩌면 우리는 두려웠는지도 모른다. 엄마를 직접 모시다가 엄마의 치매 행동에 치이는 일이 일상이 되어, 그나마 남아 있는 부모에 대한 애틋함마저 사라질까 봐. 애틋함이 뭐라고, 그게 뭔지 정확히는 몰라도 그때는 그게 가장 중요하게 느껴졌다.

요양원을 직접 알아본 것은 얘기가 처음 나온 지 한참 뒤였다. "아무리 환자라도 같이 있는 게 낫지, 혼자 살면 무슨 재미냐."라고 말씀하시던 아버지가 언젠가부터 요양원에 대한 얘기에 침묵으로 동의하게 되자, 나는 엄마가 다니고 있는 주간보호센터의 센터장에게 넌지시 물어보았다. 혹시 그 센터 원장이 아는 곳 중 엄마가 적응하기 좋은 24시간 요양원이 있을까 싶어서였다. 원장의 대답은 의외였다.

"우리 센터에서도 24시간 요양을 하는데요."

아, 등잔 밑 얘기는 이럴 때 하는 거다.

"그래요? 빈자리가 있어요?"

"네, 한 분 더 모실 수 있어요. 어머님이 다른 곳에 가시는 것보다는 저희 센터에서 모시는 것이 제 마음도 편할 것 같아요."

2년여 동안 엄마를 잘 돌봐준 원장의 입에서 나온 말이다. 이렇게 고마울 수가. 본인에게 익숙해져 있는 환자가 다른 곳에 가면 불안하겠다며 기꺼이 엄마를 받겠다는 말. 정말 가족보다 더 낫다는 생각에 진정 고마워했다.

정답은 없다

"왜 어머님을 요양원에 안 모셔요? 그게 답인데."

그걸 '답'이라고 말하는 사람에게 '땡!'이라고 아주 세게 오답 벨을 치고 싶다. 아픈 부모를 요양원에 모시는 과정과 모신 후까지, 이게 답이었다고 생각될 만큼 해결된 것은 거의 없었으니까.

"말도 마. 엄마를 요양원에 데려다 놓고, '이제 여기서 지내는 거야'라고 말하고 집에 오는데 엄마가 엉엉 울면서 따라 나오는 거야. 나랑 우리 언니랑 막 눈물 흘리고 어쩔 줄 모르는데 형부가 나서서 어머니를 달래서 요양원 안으로 들여보내고 나서야 헐레벌떡 차를 몰고 돌아왔지 뭐야."

엄마가 지낼 24시간 요양시설에 대해 고민을 한참 하던 시기, 먼저 경험을 한 지인의 얘기에 생각이 많아졌다. 충분히 예상 가능한 일이긴 해도, 실제 엄마를 그런 식으로 떼어놓아야 한다고 생각하니 용납이 안 되었다. 모르겠다. 어차피 시설에 모시기로 했으면서 이런 걸 걱정하면 효자 코스프레한다고 누군가 비난할지도. 하지만 이건 효자라서가 아니라 그저 내 마음이 아프기 싫어서, 내가 그 순간을 견딜 수 없을 것 같아서 피하고 싶을 뿐이었다.

기존에 오랜 시간 이용하던 주간보호센터에서 그대로 24시간 보호로 전환하면 그런 일을 겪지 않아도 된다는 장점이 있었다. 그냥, 보통날처럼 아침에 엄마를 센터로 보냈다가 저녁에 데려오지 않으면 되었다. 엄마는 왜 집에 안 가는지 궁금해하겠지만, 조금만 적응하면 괜찮아지리라 생각했다. 내 눈앞에서 집에 가겠다고 떼쓰는 엄마를 마주할 자신은 도무지 없었다. 정말 엄마를 위해서가 아니라 내 괴로움을 조금이라도 덜고자 하는 이기적인 마음에서, 나는 요양원 원장과 긴밀히 얘기해서 날을 잡았다.

"원장님, 오늘부터예요. 오늘 아침에 엄마가 센터에 가고 나면, 저녁에 집에 안 데려다주시면 돼요."

엄마는 저녁 시간이 되자 평소처럼 집에 갈 채비를 하려는 듯 센터의 현관 앞에 제일 먼저 나와서 앉아 계셨다고 했다. 요양보호사들이 "어르신, 오늘 집에 안 가는 거예요."라고 말했을 때 어리둥절해 하며 실망하는 표정을 지었던 엄마는 몇 번의 실랑이 끝에 그래도 침대에 들어가 잘 주무셨다고 했다.

"어머님 윷놀이하셨어요.", "어머님 나훈아의 '사랑'이랑 '영영' 부르실 때 너무 좋아하세요.",
"설날에 보호자님이 유과 보내주신 것, 어르신들이랑 잘 나눠 먹었어요. 감사해요."

며칠 뒤부터 원장은 설명을 덧붙여 엄마의 사진과 동영상 등을 보내왔다. 핸드폰 속 엄마의 모습만 보면 안심이었다. 문제는, 일단 입소를 시키고 나니 가족들이 언제 엄마를 만나러 가야 할지 고민이 된다는 것이었다. 엄마가 가족을 만나거나 집에 잠시 오면 다시 요양원으로 돌아가지 않겠다고 할 것 같았다. 병이 난 뒤 어린아이 같아졌지만 가끔 상황 파악을 다 하고 말귀를 다 알아들으며 멀쩡한 소리를 하고 자기 뜻을 굽히지 않는 엄마가 만약 다시 요양원에 안 간다고 고집을 피운다면 우리 가족들은 그걸 얼마나 진지하게 받아들여야 할까, 벌써부터 고민스러웠다.

"일단 한 달 정도는 안 오시는 것이 좋을 것 같아요. 어머님이 여기에 더 익숙해져야 할 것 같아요."

원장이 권한 이 방법이 과연 옳은 것인지 고개를 갸웃하면서도 일단 엄마를 책임지고 있는 사람의 말을 듣는 것이 가장 좋을 것 같았다. 그러겠다고 수긍하고 우리 가족은 한동안 엄마를 찾아가지 않았다.

그러다 입소 후 약 3주가 지난 시점에서 병원 정기 진료를 위해 처음 내가 찾아갔을 때, 엄마는 반갑게 웃으면서도 나를 툭 때렸다.

"어머, 엄마, 나 왜 때려? 그동안 안 와서 서운했어?"

"그래."

엄마의 분명한 대답에 내 가슴이 찌릿, 아파왔다. 엄마는 그동안 무슨 마음으로 지냈던 걸까.

병원 진료 내내 엄마의 표정은 밝았다. 나온 김에 아버지와 나, 엄마는 외식도 했다. 그렇게 첫 외출을 마친 후 요양원으로 다시 돌아가는 길, 가슴이 두근거렸다. 병원에서 요양원으로 가는 도중에는 어쩔 수 없이 친정집을 먼저 지나야 했다. 엄마가 돌아가지 않겠다고 하면 어쩌나. 집으로 가겠다고 하면 어쩌나. 아니나 다를까, 엄마는 집을 지날 즈음에 안전벨트를 풀었다. 그곳이 집인 줄 똑똑히 알고, 거기서 내릴 준비를 하는 것이었다. 차가 집을 지나쳐 요양원으로 곧바로 향하자 엄마는 운전하는 나에게 소리를 질렀다.

"집에 가!"

난 이 상황을 예상했고, 두려워했지만 막상 실제로 닥치니 정말 난감했다. 그러면서도 나는 아무렇지 않은 듯, 조용히 말했다.

"엄마, 이제 엄마 요양원에서 지내야지. 거기서 잘 돌봐주잖아."

"집에 가, 내려!"

난 내 눈앞의 도로와 보조석의 아버지를 번갈아 보며 어쩔 줄 몰라 했다. 결국 아버지가 뒷자리의 엄마를 돌아보며 말했다.

"요양원에 가서 잘 있어. 또 나중에 데리러 갈게!"

나는 요양원에 미리 전화를 해서 엄마의 상태를 말하며 마중을 나와 달라고 말했고 요양원 건물 지하 주차장에 도착해서는 엄마가 앉은 휠체어를 보호사에게 서둘러 넘겨버렸다. 엄마는 얼굴 가득 삐친 기색이 역력한 채로 보호사에게 이끌려 요양원으로 들어갔다. 다시 차를 돌려 아버지를 친정에 내려드리고 집으로 돌아오면서 나는 심란한 마음에 흔들리는 운전대를 질끈, 움켜잡았다.

감정의 자리

이게 나만의 문제일 수도, 감정 교육을 제대로 못 받은 대한민국 사람들의 일반적인 문제일 수도 있지만, 나는 내 감정을 잘 모를 때가 많다. 가슴이 아픈듯하다가도 '과연 내가 지금 가슴이 아파도 되나?'라며 자신에게 되묻는다. 순간적으로 내가 '느끼는' 감정보다는 내가 '느껴야 하는' 감정이 무엇일까, '내 감정이 놓여야 하는 자리는 어디일까?' 고민하는 때가 더 많다. 당위성과 논리성이 부여되지 않은, '그저 그렇게 그냥' 드는 감정은 틀린 거라고 생각하는 걸까? 감정이 언제나 제대로 이름 붙은 '제자리'에 놓여야 한다고 생각하는 걸까? 감정과 논리란 서로 대척점에 있어야 하는 거라면, 논리적이지 않은 감정을 가지는 것에 죄책감을 가지는 나는, 내 스스로에게 무리한 요구를 하고 있는 것 같다.

가끔 정말 궁금했다. 유치원에 가기 싫다고 우는 아이를 보며 '어떤 감정을 가져야 마땅한 것인지' 누가 답을 해주었으면 했다. 아이가 또래 친구들도 만나고 재밌는 놀이도 하며 엄마와 있을 때와는 다른 즐거움을 느끼길 바라는 마음으로 유치원에 보냈지만 당장 눈앞에서 서럽게 우는 아이를 보면 그게 다 아이를 떼어놓기 위한 핑계 같았다. 아이에 대한 이런 걱정의 실체가 아이를 위한 것인지 나를 위한 것인지 가늠이 안 되어 짜증이 났다.

이런 상황에 대해, 어린 나를 두고 장사를 나갔던 엄마가 조언이라도 해주길 바랐지만 엄마는 건강이 온전하던 때에도 "대체 나는 너희를 떼어두고 어떻게 장사를 나갔다니?" 라고 말하며 남 얘기처럼 혀를 내두를 뿐이었다. 그러던 엄마를 거꾸로 내가 떼어놓아야 하는 상황을 맞았다. 나는 엄마를 요양원에 맡기며 과연 어떤 감정을 '가져야' 하는 걸까. 자식보다 나은 요양보호사의 전문적인 돌봄의 손길을 받는 것이니 이건 엄마를 위한 것이다, 싶다가도 엄마의 돌봄에 지쳐가는 남은 가족을 위한 일이라는 걸 부인할 수는 없었다. 나는 미안해해야 하는 걸까, 안심을 해야 하는 걸까?

띵, 띵, 띵!

요양원 원장으로부터 동영상 메시지가 왔다. 엄마가 노래를 부르거나, 윷놀이를 하며 재밌게 지낸다는 내용이겠지. 회사 일로 미팅하러 가는 길이었기에 자세히 보지 않다가 미팅이 끝나고 돌아오는 버스 안에서 차분히 앉아 열어본 영상에 나는 갑자기 혼란스러워졌다.

엄마가 아닌, 다른 입소자 할머니 한 분이 화장실 변기에 앉아 있다. 화장실 문 앞에 엄마가, 그분을 바라보며 서 있다. 지지대가 없으면 균형 잡고 서지도 못하는 엄마가 용변을 보는 그 할머니 앞에, 문과 벽을 잡고 서 있다. 그러다가 가까스로 균형을 잡는 순간, 엄마는 그 할머니의 머리를 획 때린다. 휘청거릴 뻔하면 또 벽을 잡고, 그러다 또 한 번 때리고, 또 벽을 잡고 버틴다. 그 할머니의 머리채를 쥐어뜯으려는 시도도 한다. 도대체, 이게 뭐하는 건가?

또 다른 영상에서는 소파 한쪽에 가만히 앉아 있는 그 할머니 곁으로 저 멀리서 엄마가 보조기를 끌고 열심히 걸어

온다. '왜 굳이 저렇게?'라는 생각이 들 정도로 먼 거리에서, 너무나 열심히, 성급히 걸어온다. 그러더니 그 할머니 바로 옆에 자리를 잡고 앉아 쿠션을 빼앗고 옷을 마구 잡아당긴다. 손으로는 마음대로 안 되는지 옷 끝을 물어뜯으려고도 한다. 할머니는 별로 저항하지 않는다. 그냥 멍하니 앉아 있다. 조금씩 피할 뿐이다. 두 영상을 보고 원장에게 메시지를 보내 물었다.

"엄마가 먼저, 다른 어르신께 시비를 거시는 건가요?"
"네, 대상이 되는 할머니는 인지능력이 떨어지시는 분이에요. 그래서 당해도 가만히 계시는데 그래도 거동은 잘하시거든요. 어머님은 걸음이 힘드시잖아요. 저러다가 당하는 할머니가 갑자기 밀치기라도 하면 어머님이 뒤로 꽈당 넘어지실 거예요. 매번 저희가 말렸다가 이번에는 보호자님에게 보여드려야 할 것 같아서 그냥 가만히 보면서 영상을 찍어두었어요."

우리 식구 모두, 남에게 피해를 주는 것을 가장 큰 몰상식으로 알고 살아온 이들이었다. 원칙주의에다가 꼬장꼬장한 성격 탓에 상대의 기분을 맞추는 데 능하지 않고 가끔 너무 솔직하게 대응하는 바람에 상처를 주기도 하지만, 이렇게 노골적으로 남에게 피해를 준 기억은 별로 없다. 특히 아프기 전 엄마야말로 단연코 그랬다. 언제나 인자하고 사람 좋던 엄마가 왜 이런 병에 걸렸냐며 주변 사람들은 안타까워했었다. 그랬던 내 엄마가, 이런 '가해자' 역할을 하고 있다니! 영상을 보자마자 피해의 대상이 된 할머니의 가족을 떠올렸다. 가족들이 알고 항의라도 하면 큰일이었다. 두려운 마음이 앞섰다. 엄마를 어떻게 해야 하나. 갑자기 깊은 늪으로 빠져드는 속수무책의 황망한 마음을 감출 수가 없었다.

그런데 가만, 센터 측에서는 왜 대책도 없이 나에게 이런 영상만 보내는 것인가. 원장의 메시지에는 어떻게 해결하자는 말은 전혀 없었다. 또다시 이전 두 번의 경험이 떠올랐다. 가타부타 말도 없이 "어머님이 이러시니 다른 분들이 싫어하세요."라며 사실만 전달하고 그 후의 대책은 알아서 하라는 식. 엄마의 증상이 심해지니 그간 믿었던 이 센터의 태도도 똑같은 것일까?

나는 원장에게 전화를 걸었다.

"아휴, 어떡하나. 왜 그러실까……. 자꾸 그 할머니 괴롭히면 식구들이 안 찾아올 거라고 그러시면 어떨까요? 하긴, 그런 말을 들을 엄마가 아니죠?"

"전혀 안 먹힐 거예요. 어머님 고집 아시잖아요."

나는 생각 좀 해보고 다시 연락하겠다고 말하고는 전화를 끊었다. 아무 생각이 없었다. 어찌해야 할지 전혀 몰랐다. 그저 버스 창밖을 하염없이 바라볼 뿐이었다.

'엄마, 왜 이렇게 다 어려워? 도대체 우리가 엄마를 어떻게 해야 해?'

이런 원망 반대편에 '얼마나 갑갑하면 저럴까'라는 가여운 마음도 움텄다. 좁은 요양원에서 나가고 싶고 활동하고 싶은 욕구가 있는 거라면, 엄마는 아직 너무도 건강한 것이었다.

다음 날 요양원을 찾아갔다. 나를 본 엄마는 반가워서 어쩔 줄 모르면서도 어딘지 모를 원망의 눈빛을 쏘아댔다.

"자주 안 와서 내가 미안해, 엄마."

이렇게 말은 했지만 엄마의 요양원 적응을 위해 필요하다는 원장의 말에 따라 일부러 더 자주 오지 않은 것에 대해 누구를 탓해야 할지 잠시 궁리했다.

옷을 챙겨 입히고 엄마를 데리고 나왔다. 어디로 가야 하나. 잠시 망설이던 나는 근처 호수 공원으로 차를 몰았다. 오랜만에 호수를 보면서 엄마와 소풍 분위기라도 낼까 했는데 그것도 여의치 않았다. 날은 흐렸고 바람이 세차게 불어 추웠다. 계절은 초봄. 추위를 이기고 피어난 개나리가 눈에 띄었지만 그날의 날씨는 우리를 반겨주지 않았다.

잠깐 엄마를 산책시킨 뒤 다시 차로 돌아왔다. 사실 요양원에 오기 전, 이렇게 산책할 것에 대비해 김밥과 간단한 간식을 사 들고 왔다. 차 안에서 엄마에게 간식을 주었다. 모녀 둘이 그렇게 앉아 있으니 청승맞은 생각이 들었다. 하지만 어떻게 해야 할지 몰랐다. 아버지에게 엄마의 상태를 아직 알리지 않아 친정집으로 가기도 불편했다. 그리고 집으로 가면 엄마가 다시 요양원으로 돌아가지 않겠다고 할 것 같아 두려웠다. 뭔가 목적 없이 그냥 엄마를 만나러 온 길. 갈 곳 없는 이 상황이 너무 초라하게 느껴졌다.

잠시 그렇게 앉아 있었다. 돌아갈 곳은 요양원뿐이었다. 나온 지 한 시간 만에 엄마를 다시 데려다주었다. 일단 바람을 쐬었고 딸내미 얼굴도 보여주었으니 엄마의 태도가 좀 달라지기를 바라면서. 나는 바로 집으로 향하지 못했다. 혼자만 한없이 끙끙댈 수도 없을 것이고, 그렇다고 아버지와 이런 대화를 전화로 나누는 것도 적절치 않을 것 같았다. 결국 무거운 발걸음을 친정으로 옮겨 아버지를 만났다. 예고도 없이 찾아온 나를 보고 놀라는 아버지. 나는 숨을 크게 내쉰 다음 머뭇머뭇, 말을 꺼냈다.

"아버지, 엄마가……. 엄마가 다른 할머니를 해코지해요. 거기 요양원에 하루종일 있는 것이 답답해서 그런지……. 그 할머니는 사지도 멀쩡한데 당하고 있대요, 그 할머니의 가족이라도 알면 큰일일 것 같아요. 어쩌죠?"

나처럼 한숨이라도 몰아쉬며 한탄할 줄 알았는데 아버지는 기다렸다는 듯 바로 입을 여셨다.

"그럼 그 원장에게 전화해서, 다시 아침에 갔다가 저녁에 오는 주간보호로 돌리자고 해라. 사실, 나도 네 엄마 없이 집에 혼자 있으니까 영 허전하고 어색했다. 아무리 정신이 온전치 못한 환자라도 옆에 숨 쉬고 있는 게 낫지, 네 엄마 없이 혼자 있으니 영 내 마음이 안 좋았어. 그냥 내가 네 엄마 돌볼 테니, 다시 데려와."

'그냥 내가 돌볼 테니' 이 말이 왜 그렇게 내 마음을 때리는지 몰랐다. 꾹꾹 눌렀던 눈물이 터져 나와 설거지를 핑계로 아버지에게서 등을 돌렸다. 아버지의 건강을 위해, 그리고 엄마의 간호를 위해 선택한 결정이 이런 식으로 원점으로 돌아간 것에 대해 깊은 허탈감이 밀려왔다. 눈물을 훔치는 나를 발견한 아버지가 내 등에 대고 말했다.

"인생 별거 없다. 다 그런 거지. 너무 속상해하지 마라."

그 말에 한 번 더 왈칵, 쏟아진 눈물을 나는 좀 더 오랫동안 감내했다. 그릇을 닦는 척, 눈물을 조금 추슬렀을 때 아이들이 학교에서 올 시간이 되었다며 서둘러 친정집을 나와버렸다. 집으로 향하며 오늘의 내 감정은 무엇이어야 하는지, 어느 자리에 위치해야 하는지 판단하려는 시도를 또 했다. 소용없는 일이었다.

무력감

주간보호 방식으로 돌려서 아침부터 저녁까지만 센터에 있게 되자 엄마는 더 이상 그 할머니를 해코지하지 않았다. 그렇게 며칠을 보냈는데 갑작스러운 아버지의 전화에 또다시 당황했다.

"나, 이제 그 요양원 안 보내련다!"

'이제 내가 돌볼 테니'라는 말이 필시 주간보호도 보내지 않고 온전히 혼자 엄마를 돌보시겠다는 말은 아니었는데, 왜 갑자기 엄마를 안 보내겠다는 건지.

자초지종을 들어보니 이해는 됐다. 엄마가 센터에 종일 놀봄으로 가 있는 한 달여 동안 이전에 주간보호 차량을 운행하던 운전기사가 바뀌었다고 했다. 새로운 기사는 주간보호에 다시 합류한 엄마를 새로 만났는데 엄마가 기저귀를 차는 데도 냄새가 난다며 차로 이동할 때마다 엄마가 앉는 좌석에 신문지를 깔아두었다. 그런데 엄마가 그 신문지가 귀찮다며 내팽개치더라는 것이다. 그러자 기사는 집에 도착해서 아버지에게

"이 할머니는 왜 이렇게 말을 안 들어요!"

라며 소리쳤다고 한다. 며칠 동안 아버지는 "에구, 이 사람이 집에서도 고집이 세고 말을 잘 안 들어요, 환자니까 그렇죠."라고 이해를 구했지만 기사는 계속 화를 내더라는 것이다. 몇 번 그 일이 반복되자, 아버지는 기분이 나빠 더 이상 그 요양원에 엄마를 보내지 못하겠다고 한 것이다.

일단 엄마의 기저귀가 문제였다. 엄마는 갈수록 화장실에 갈 타이밍을 놓칠 정도로 인지능력이 낮아졌고 결국 기저귀가 새서 아버지가 힘들게 뒤처리해 주어야 하는 일도 자꾸 생겼다. 약간의 요실금 증세용으로 쓰던 팬티형 기저귀는 흡수력이 부족했지만 그에 익숙해진 엄마는 센터에서 더 흡수력이 좋은 밴드형 기저귀를 채우려 해도 한사코 벗어버리며 거부를 해왔다. 그런 상황들이 지금의 일을 야기

한 것이었다.

나는 원장에게 전화해서 상황 설명을 했다.

"어휴, 그 교장선생님이……."

원장님은 '교장'이라는 단어부터 꺼내며 한숨을 쉬었다. 그 운전기사는 학교 교장선생님으로 일하다 은퇴하신 분이라고 했다. '교장선생님 출신이 왜 이런 일을?'이라는 편견 어린 생각이 먼저 들었던 것이 사실이다. 하지만 나는 이어 말했다.

"대단하시네요, 교장선생님까지 하신 분이 이렇게 기사로 다시 일하실 생각을 하시고. 그런데 그렇게 큰마음 먹은 김에 환자분에게 좀 더 너그럽게 해주시면 좋을 텐데요."

나는 침착함을 유지하려 애쓴 채 이 일을 어찌해야 할지 상의했다. 원장은 자신이 아버지에게 전화해서 설득해 보고 기사에게도 주의를 주겠다고 했다. 몇 시간 후 원장은 아버지와 통화했다며 주말이 지난 다음 월요일부터 엄마를 다시 보내기로 했다고 전했다.

"아버지가 알겠다고 하세요? 어휴, 아버지 화 많이 나 있었을 텐데 설득을 하시다니, 원장님, 대단하시네요. 원장님이 이렇게 우리 엄마 포기 안 하고 챙겨주시니 얼마나 고마운지 몰라요. 그 기사님에게, 그 할머니 딸이 많이 미안해한다고, 수고 많으시다고 전해주세요. 교장선생님까지 하시다가 그 일 하시려면 얼마나 힘드시겠어요? 제가 방수 방석 하나 보낼게요. 월요일부터 차에서 엄마 자리에 그 방석 써달라고 말해주세요."

"뭘요. 이런 데서 일하려면 봉사정신이 있어야지요. 제가 강하게 말해야겠어요."

"그래도 대우해 드리면 더 잘해주실 텐데 저희 아버지도 한 성격 하시는지라……."

"아버님도 기분 상하셔서 그러셨겠죠. 그래도 하루종일 어머님이 집에 있으면 아버님도 많이 힘드실 테니까요. 월요일부터 방석 써볼 테니 어머님에게 방석 던지지 말라고 한 번 더 말해주세요. 저도 말할게요."

나와 원장의 대화는 그렇게 훈훈하게 마무리되었고 나는 주말에 아버지에게 한 번 더 연락해, '원장이 기사를 잘 단속한다고 했으니 월요일에 엄마를 잘 보내시라'고 말씀드렸다.

그 후 월요일. 이쪽저쪽에서 아무런 연락이 없기에 나는 이 일을 잠시 잊고 회사 일을 하고 있었다. 아버지에게서 다시 전화가 온 건 늦은 오후였다.

"요양원에서 전화 못 받았냐?"

"아뇨? 왜요? 엄마 안 보내셨어요?"

"오늘 아침에 차 앞까지 엄마를 데리고 나갔는데 이 기사가 우리를 보자마자 또 엄마가 말을 안 듣는다고 소리치는 게 아니냐? 내가 확 기분이 상해서 다시 네 엄마를 집으로 끌고 들어왔다. 이제 원장이 전화하든 말든 다시는 거기 안 보낼 테니 그런 줄 알아라!"

아, 나는 무슨 소용인가. 내가 하려는 노력은 왜 이렇게 다 허무해지는가. 난 무엇을 위해 어떻게든 엄마를 요양원에 잘 보내려 하고, 아버지를 좀 편하게 하려 하고, 원장과 그렇게 열심히 상의를 했던 것일까. 사회생활을 하고 일의 성취를 적잖이 느껴본 나도 아이를 키우며 인생 내 마음대로 되지 않음을 서서히 깨달아 왔지만 엄마 문제로 아버지와 그리고 주변 사람들과 소통하면서는 인생 자체의 무력감조차 느꼈다. 길을 정해도 그 방향으로 절대 가지 않는다. 노력과 상관없이 언제나 일은 내 손을 떠나 통제할 수 없는 형태로 굴러간다.

원장에게 다시 연락해 아버지의 뜻을 전했다. 원장도 이제 지친 듯 답했다.

"저도 정말 안타깝고 화도 나네요. 오늘 기사님에게 화냈더니 그만둔다고 하네요. 다른 할머니들은 다들 좋아하시는 분인데……."

난 원장님의 이 마지막 말 '다른 할머니들은 모두 기사님을 좋아하시는데'라는 표현에서 멈칫, 했다. 그래, 항상 우리 엄마만 문제지. 이제까지 그런 문제 많은 엄마를 다른 데 못 보내고 자신이 돌봐야겠다는 사명감과 연민을 갖고 있던 원장도 이제 한계에 다다랐겠지. 우리 엄마만 고집을 피우고, 우리 가족과만 문제가 생기는 운전기사가 계속 있는 한, 누가 요양원을 떠나야 하는지 답은 정해져 있었다. 아무리 아버지가 "그 기사 계속 있으면 엄마 절대 안 보낸다."고 소리쳐도 엄마를 안 보냈을 때 더 아쉬운 측은 요양원이 아닌 우리 가족일 것이었다.

원장의 '다른 할머니는 다들 좋아하시는데'라는 말에 짐짓 기분이 나빠져서 그를 믿었던 마음 또한 퇴색하기 시작했다.

"다른 할머님들은 저희 엄마처럼 변을 잘 못 가리시고 그러지는 않으신가 보죠. 성격 깔끔하신 분이면 엄마 같은 증상은 못 견디실 거예요."

"죄송해요."

원장은 길게 변명하지 않았다. 나도 더 이상 할 말은 없었다. 시도를 하면 할수록 일이 망쳐지는 것 같은 이 상황에 진절머리가 났다. 빨리 모든 걸 끝내버리고 싶었다.

"원장님, 어쨌든 안 보내겠다고 하는 건 우리 쪽이잖아요. 이제 그만 저희 엄마 놓으셔도 될 거 같아요. 원장님이 그동안 저희 엄마에게 잘해주신 공도 없이 여기저기서 모진 소리만 들으셔서 죄송하네요."

"아니에요. 시작보다 끝이 좋아야 하는데 이렇게 마무리 해서 죄송해요. 제발 아버님께 사과 한마디만 하라고 몇 번이나 부탁했는데 절대 안 하는 기사님도 원망스럽고 무조건 안 보내시려 하는 아버님도 원망스럽고. 기사님도 어머님 문제 아니면 다른 분에게는 성의껏 잘하는 분이라서요. 제 마음이 복잡하네요."

"어쩌겠어요. 기사님 바꾸시기도 힘드실 테고요. 이달 부로 퇴소하는 것으로 할게요."

"네, 기사를 새로 구하는 일도 쉽지는 않아서요. 퇴소로 생각하고 있을게요. 전 최선을 다했는데 이렇게 끝나게 된다니 섭섭하네요. 어머님 고집부릴 때는 힘들지만 웃고 얘기하실 때는 저희 보호사들과 서로 통하는 점이 있었어요. 다른 좋은 기관 찾으시길 바랄게요."

원장과 메시지를 주고받으며 행간에서 우리 가족에 대한 원망과 이제 더는 못 하겠다는 좌절을 읽었지만 애써 외면하려 했다. 이제 와 그런 말에 서운해하고, 원망하는 게 무슨 소용이랴. 2년여 동안 이 센터에서 엄마를 잘 돌봐준 것만으로도 감사할 뿐이었다.

나 여기 있소

엄마가 다른 할머니를 해코지한 것, 엉덩이 밑의 신문지를 내팽개친 것, 싫은 것은 싫다고 확실히 표현하는 이 모든 행동은 가만히 생각해 보면 엄마가 자신의 존재감을 어필하는 것이었다. 우리는 엄마가 사는 세상에 관한 많은 것을 결정하면서 정작 엄마를 중심에 두지 않았다. 그걸 알아챈 엄마가 '나 여기 있소'하고 소리친 것이 바로 그 행동들이었다.

앞서 애기한 드라마 〈나빌레라〉에서 공감한 장면이 하나 더 있었다. 알츠하이머 증세가 점점 더 심해지는 노인을 두고 자식들은 서로 자기 집에서 모시겠다고 한다. 요양기관에 대한 언급도 나온다. 그러자 모든 이야기를 듣고 있던 손녀가 한마디 한다.

"할아버지 의견은 안 물어봐요?"

노년기의 환자를 어디서 돌볼지, 요양원에 보낼지 말지, 요양원에서는 어떻게 돌볼지를 결정하는 과정에서 사실 환자는 그 중심에 있지 않다. 인지능력이 떨어지는 치매 환자라는 이유로 보호자들은, 그들의 의지를 전혀 묻지 않고 모든 것을 결정하지만 막상 자신은 전혀 개입하지 않은 결정에 의해 어떤 환경에 놓이게 되었을 때 모든 불편을 감내해야 하는 것은 환자 자신이다.

한때 일본 NHK에서 방영된 스코틀랜드의 치매 대책을 소개한 다큐멘터리의 제목은 〈우리를 빼고 우리 일을 결정하지 말아요 - 초기 치매로 살아가기〉였다고 한다. 세계 어디에서나 치매 환자를 두고 '어차피 본인은 잘 모르니까'라고 생각하고 의사와 보호자 위주로 모든 것을 결정해 버리는데 그것이 환자를 위한 해결책이 되지는 않는다는 것이다.

그래서 요즘은 '돌봄장'을 쓰는 사람도 있다. 죽음에 대비하여 미리 쓰는 것이 '유언장'이라면 '내가 아프면 이렇게 돌봐달라'라며 돌봄에 대한 구체적인 요청 사항을 적는 것이 돌봄장이다. 이미 '내가 치매에 걸리면 요양기관에 보내주세요', '되도록 가족과 함께 있도록 해주세요', '이런 음악을 들려주세요', '목욕은 며칠에 한 번 시켜주세요'라는 내용의 돌봄장 써보기를 실천하는 노년 모임도 있다. 질병의 기간에도 최소한의 나를 지키려는 의지의 표현으로 돌봄장을 써두는 것인데 사실 그 내용이 보호자에 의해 얼마나 현실화될 수 있을지 미지수이긴 하다. 그래도 막상 질병을 맞이했을 때 환자 본인에게나 돌보는 가족에게나 참고가 될 수 있을 것이다.

물론 환자의 의견을 묻더라도 그 답이 유용하지 않은 경우도 분명 있다. 노년의 삶을 다룬 대표적인 드라마 〈디어 마이 프렌즈〉에서 희자(김혜자 분)는 치매에 걸리자 자식들에게 짐이 되기 싫다며 요양원에서 지내겠다고 한다. 아직은 그럴 정도는 아니라고 말하는 주변의 만류에도 불구하고 고집을 피운다. 하지만 얼마 지나지 않아 요양원을 탈출한다. 갑갑한 그곳에서 못 지내겠다는 것이다. 치매 환자여서 변덕을 부리는 것이 아니다. 정도의 차이만 있을 뿐 사람은 모두 변덕쟁이다.

병을 마주하고 환자를 돌보는 일련의 과정은 환자에게도

보호자에게도 낯설기만 하다. 모든 게 처음이다. 이런 과정에서 시행착오가 없을 수 없지만 환자의 남은 생을 생각하면 그 시행착오의 시간도 아깝다. 그래서 난 엄마를 돌보기 위한 새로운 환경을 고민하면서 그 시행착오를 되풀이하지 않기 위해 애썼다.

나의 요양원 검색과 탐방이 다시 시작되었다. 어차피 센터를 나온 것은 아버지의 결정이니 어디 한번 아버지가 온전히 엄마를 돌보게 할까 생각도 해봤다. 하지만 그렇게 불같이 화내던 아버지도 '요양원이 거기밖에 없냐?'고 물으며 다른 곳을 알아보라는 눈치셨다. 물론 나 또한 아버지가 하루종일 엄마를 돌보게 두고 싶은 마음은 없었다. 수시로 외할아버지를 떠올리며, 아버지까지 쓰러지게 할 수는 없다는 마음이 강하게 들었다.

집에서 거리는 멀지만 공간이 널찍하고 주변 풍경이 좋아 엄마가 덜 답답하게 느낄 것 같은 곳에도 방문해 봤다. 정성스럽게 환자를 돌본다는 소문을 듣고 찾아간 또 다른 곳은 공간이 너무 좁아 이른바 '도떼기시장' 같은 분위기였다. 이곳도 저곳도 당장은 엄마가 들어갈 자리가 없다고 했다. 결국 다시 친정집 근처에서 찾아낸 '치매전담시설' 인증을 받은 요양원에서 상담을 했다. 그간의 이야기를 듣던 원장이 내 두 손을 꼭 잡고 다정스레 말했다.

"힘드셨겠어요. 예전 계셨다는 요양원은 기사님 태도도 문제가 있었지만 기본적으로 치매 환자를 다루는 데 능숙하지 못했던 것 같아요. 냄새 문제도 기저귀를 잘 활용하면 되는데."

능숙한 태도로 말하는 원장은 어딘지 모를 세련미를 풍겼다.

"그리고 너무 먼 곳에 모시지 마세요. 가족이 자주 들여다볼 수 있는, 가까운 곳에 모셔야죠. 멀리 모시면 그거야말로 현대판 '고려장' 아니겠어요? 이곳에는 아무 때나 시간 나실 때 환자를 보러 오셔도 돼요."

해당 분야에 종사하는 사람이 거침없이 사용한 '고려장'이란 단어에 괜스레 내가 민망스럽고 누가 들을까 싶어 주변을 살폈다. 물론 틀린 말도 아니었다. 나만 해도 친정과 한 지역에 사는 것은 아니기 때문에 친정에 아버지를 뵈러 올 때마다 같이 볼 수 있는 위치에 엄마가 계신다면 여러모로 편할 것이었다. 아무래도 거리가 멀면, 마음이 있다고 해도 자주 들여다보기 힘들 것이다.

해당 요양원도 두 센터로 나눠서 전일 요양과 주간보호를 모두 하는 곳이었다. 우리는 처음엔 주간보호로 시작해서 두 달쯤 지나 24시간 요양으로 전환해 엄마를 맡겼다.

나는 예전보다 더 세심하게 엄마의 눈치를 살폈다. 그동안처럼 엄마가 거부감, 아니 존재감을 강하게 표출할 정도로 불편하면 안 되었다. 나는 첫날부터 엄마에게 계속 물었다.

"엄마, 괜찮아? 여기 있어도 괜찮아?"

엄마는 그렇다고 고개를 끄덕였다. 예전보다 공간이 더 널찍하고 깨끗해서 그럴까? 엄마의 얼굴은 왠지 모르게 편해 보였다.

나는 이후 요양원에 자주 방문해서 엄마를 지켜보고 요양보호사들과 대화도 많이 나누며 인간적인 친분도 쌓았다. 가끔은 요양보호사들을 위한 간식을 따로 사가기도 했는데 이는 마치 유치원 선생님에게 잘해야 그 선생님들이 내 아이를 잘 돌봐줄 것 같은 마음과 같았다. 엄마는 가끔씩 집으로 와서 식사를 하다가도 먼저 요양원으로 돌아가겠다며 혼자 몸을 일으킬 정도로 그곳에 익숙해져 갔다. 엄마는 그곳에서 2년여 기간을 잘 지냈다.

PART 6

엄마를 분실하다

질문

질문한다.

뭐가 문제였을까? 내가 잘못한 걸까? 누구를 탓해야 할까? 운명이었을까? 지금은 후회하나? 앞으로는 어떻게 해야 하나?

시행착오를 되풀이하지 않으려고 내린 결정이 내 인생 가장 큰 시행착오가 될 줄을, 결정을 내리던 그 순간엔 알지 못했다. 왜 인생은 항상 지나고 나서야 깨닫고 후회를 남기는 걸까. 지나고서라도 깨달을 수 있음에 다행이라 여겨야 할까.

2020년 새해가 되고 1월의 두 번째 일요일이었던 12일, 요양원에 찾아가 엄마를 보고 왔다. 그동안 엄마의 귓속이 귀지로 가득 차 있던 걸 보고도 오랫동안 청소를 못 해주다가 그날은 마침 생각나서 작정하고 귀이개를 가져갔다. 엄마의 귀 안을 깨끗하게 털어주니 속이 시원했다.

“와, 이제 할머니 귀 청소했으니 보호사 선생님 말 잘 들으시겠다.”

라며 같이 간 아이들에게 농담을 던지기도 했다. 엄마가 좋아하는 나훈아의 ‘영영’과 ‘사랑’을 함께 부르며 엄마가 노래하는 모습도 영상에 담았다. 그리고 우리가 가져간 과일을 또 성급하게 먹는 엄마를 보며 “엄마, 음식 천천히 먹어야지!”라고 잔소리를 했다. 주변을 둘러보니 못 보던 요양보호사들 두 명이 있었다. 나와 친분이 있던 보호사 팀장에게 “새로 오신 분이 있나 봐요?”라고 물으니 “몇 명이 새로 왔어요.”라며 무심하게 말했다. 나는 새로 온 보호사 한 명 한 명에게 엄마를 잘 부탁한다고 말하려다가 같이 일하는 분들끼리 잘 소통할 텐데 내가 시시콜콜 말하는 것이 너무 잔소리처럼 들릴까 봐 그만두었다. 그렇게 시간을 보내다 엄마를 다른 노인들이 함께 있는 거실의 TV 앞에 데려다 놓고는 "잘 있어, 또 올게!"라고 말하며 뒤돌아섰나. 엄마는 편안히 웃으며 우리에게 손을 흔들어 주었다.

집에 돌아와서 이모와 삼촌에게 엄마가 노래하는 영상을 보냈다. 엄마가 이렇게 잘 지내고 있으니 걱정 마시라는 메시지와 함께였다. 이모는 오랜만에 엄마 모습을 보니 반갑다며, "네가 효녀다, 네가 참 애쓴다."라고 치하하셨다.

그 후 1월 15일 낮 3시 35분경, 전화벨이 울렸다. 요양원 보호사 팀장이었다. 바로 3일 전 엄마가 잘 있는 것을 보고 왔는데 무슨 일일까, 의문이 들었다. 다행히도, 전화기는 바로 내 앞에 있었다.

그 날

2020년 1월 15일.

"여보세요?"

"보호자님, 지금 바로 오셔야겠어요!"

"네? 왜요?"

"저기, 저……."

보호사 팀장은 잠시 머뭇거렸다. 그러다 곧 그럴 상황이 아니라는 듯 재빠르게 말을 이어갔다.

"지금, 어머님이, 떡을 드시고 숨이 막혀서, 쓰러지셨고요, 그래서, 구급차가 왔는데, 지금, 그러니까, 심폐소생하고 있어요. 잠깐, 여기 구급대원 좀 바꿔드릴게요. (구급대원)여보세요? 보호사님! 어머님, 어떤 지병 있으시죠? 어떤 상태이신 거예요?"

나는 잠시 멍하다가 서둘러 말을 이어나갔다.

"그러니까, 그게, 10년 전에 뇌경색이 있었고, 그리고 그 2년쯤 후에 뇌출혈이 있었고, 그 후로 계속 치매셨고, 당뇨가 있었고, 최근엔 저혈당이 있다고 했고요……."

"어머님 지금 심정지 상태이신데요, 심폐소생 계속하면 되나요? 연명치료 거부 의향서, 안 쓰셨어요?"

"네네, 없어요, 그런 거. 계속해 주세요. 심폐소생이요."

처음 요양보호사 팀장에게서 전화를 받고 사고가 났다는 첫마디를 듣자마자, 앉아 있던 의자에서 스프링처럼 튀어 올라 전화기를 스피커 모드로 돌려 손을 자유롭게 하고 통화를 계속하면서 옷을 갈아입고, 가방을 챙겼다. 통화가 일단락되자 아이들에게 집에 잘 있으라고 당부하고는 곧바로 밖으로 나가서 택시를 탔다. 전화를 받은 지 단 10분 만에 물 흐르듯 준비를 하고 택시를 탄 것이다. 왜 그랬는지 모르겠다. 이전부터 무슨 불길한 예감이라도 있었던 걸까? 내 민첩함은 어디서 나온 것일까.

택시 안에서, 떨리는 목소리로 여러 곳에 전화를 돌렸다.

오빠에게 소식을 전해 급히 오라고 했고 남편에게 사실을 알렸다. 아버지에게 미처 알릴 사이도 없이 내 전화기가 다시 울렸다.

"구급대원입니다. 지금 요양원에서 나왔고요, ○○병원으로 이송 중입니다. 심폐소생술은 계속하고 있습니다. 병원 쪽으로 빨리 오셔야 할 것 같아요."

"네, 가고 있어요. 엄마는 어떤가요?"

"계속 심정지 상태세요. 어서 빨리 오세요."

한시라도 빨리 병원으로 가야 했건만, 택시는 자꾸 신호에 걸렸다. 나이가 지긋한 택시 기사님에게 다른 길이 더 빠르지 않겠냐고 물었지만, 기사는 "아니에요, 이렇게 가면 금방이에요."라고 말했다. 게다가 내가 오빠와 남편에게 전화하는 내용을 들은 기사는 "아, 어머님이 편찮으신가 보네요. 저 아는 노인도 떡을 먹다가 한 번 큰일 날 뻔한 적이 있었는데 말이죠."라며 눈치 없는 아는 체를 했다. 가슴이 계속 쿵쾅대고, 입술이 바짝 말라가는 긴장감을 견디는 데 급급하여 나는 아무 대꾸도 할 수 없었다. 반응이 시원찮은 것을 느낀 기사는 더 이상의 말을 하지 않았다.

구급대원에게서 한 번 더 전화가 왔다.

"보호자님 어디세요? 빨리 오셔야 할 것 같아요. 환자는 계속 심정지 상태고요, 병원에 거의 다 왔어요."

“아, 네, 근데 엄마가 많이 안 좋은 거죠? 제가, 저희 아버지를 모시고 가야 하는데…….”

“그러면 더 늦어지잖아요. 병원에서 보호자님이 오셔야 결정할 수 있는 것도 있을 테니 한 분이라도 어서 빨리 오셔야 해요.”

나는 구급대원과 내가 똑같이 하나의 단어를 염두하고 대화를 나눈다는 것을 알고 있었다. 엄마의 ‘임종’. 하지만 우리 둘 다, 그 단어를 입 밖에 내지는 않았다. 나는 엄마가 깨어나기를 간절히 바랐지만 벌써 1시간째 심정지라고 했다. 혹시 가망을 바라는 게 욕심이라면, 그다음 할 일은 빨리 온 식구가 모이는 것이었다. 아버지와 오빠, 내가 한 명이라도 임종을 놓친다는 것은 정말 있으면 안 될 일이라 느껴졌다. 하지만 아버지에게는 차도 없었고, 아버지 집 주변 환경은 택시를 잡거나 대중교통을 이용하기에도 애매했다. 나는 문득, 친정과 가까이 사는 이모가 생각나 전화를 했다. 나는 이모에게 아버지를 모시고 병원에 와주십사 부탁했다. 이모는 “이게 웬일이라니.”라고 다급해 하며 서둘러 오시겠다고 말했다.

식구 중 가장 먼저 내가 병원에 도착했을 때, 엄마는 응급실 한편에서 산소 호흡기를 매단 채 의식 없이 누워 있었다. 그런 엄마를 보자마자, 울음이 터져 나왔다.

"엄마……."

하지만 응급실 의사가 다가오는 바람에, 나오던 눈물을 금세 수습해야 했다.

"환자가 떡을 드셨다길래 병원에 오자마자 목을 열어서 흰 떡 덩어리를 제거했어요. 곧바로 산소 호흡기를 장착하니 심장은 뛰었습니다."

'심장은 뛴다'는 한마디에 뭘 알지도 못하면서 주책맞게 일어난 가슴속 희망의 불씨가 다시 꺼지는 데는 단 1초도 걸리지 않았다.

"하지만 의식이 다시 회복될 가능성은 없습니다."

의사는 '거의 없다'도 아니고 그냥 '없다'고 말했다. 난 믿어지지 않아서 "전혀 없나요?"라고 물었다. 그는 가혹하게도, "네."라고 대답했다.

"환자가 한 시간 가까이 심정지 상태였다는 것은 이미 산소공급이 오랫동안 끊겨 뇌가 사망한 상태고, 분명히 다른 장기에도 손상이 있었을 것입니다. 산소 호흡기에 의지해서 호흡만 이어가고 있지만 얼마나 버티실지 모르는 상태입니다."

그렇게 설명한 의사는 나에게 몇 가지 선택지를 주었다.

1. 지금 바로 연명치료를 끝내고 임종을 지켜볼지(이때는 연명치료의 범위가 어디서부터 어디까지인지도 잘 이해하지 못했다)

2. 일단 이 병원의 중환자실로 옮겨볼지

3. 더 큰 대학병원으로 이송해서 투석 등의 더 적극적인 치료를 시도해 볼지

결정하라는 것이다. 의사는 한 시간 안에는 이 결정을 내려야 한다고 말했다. 나는 가족이 오면 금방 결정해서 알려주겠다고 말하고 오빠에게 전화를 걸었다.

"일단 중환자실로 옮기자고 할까?"

"그래야 하지 않을까?"

나는 오빠와의 전화를 끊고, 중환자실로 엄마를 옮기려면 어떻게 해야 하냐고 물었다. 그런데 의사는 다시, 예상 외의 말을 했다.

"저희 병원 중환자실에 입원하시려면요, 일단 연명치료를 더 이상 하지 않는다는 동의서를 쓰셔야 해요."

알고 보니 이 병원에서 말하는 연명치료에는

1) 혈압이 떨어지는 것을 막기 위한 승압제 투여

2) 다시 심정지가 왔을 때 심폐소생술 실시

의 내용이 포함된 것이었다. 보호자가 연명치료를 포기

한다면 일단 이 두 가지를 하지 않는다는 것이고, 산소 호흡기를 바로 떼는 것은 아니라고 했다. 자가 호흡을 못하는 환자에게서 산소 호흡기를 떼는 것, 그것이야말로 생명을 뺏는 행위인데 사람을 살려야 하는 병원이라는 곳에서 할 일은 아니라는 말 같았다. 대신 회생 가망성이 거의 없는 환자가 중환자실에 입원할 때에는 산소 호흡기 그 이상의, 추가적인 연명치료는 하지 않을 것을 보호자에게 요구하는 것이다.

내가 설명을 들으면서도 멍해져 있을 때, 이모가 아버지를 모시고 병원으로 달려 들어왔다. 의사는 한 번 더 상황을 설명했지만 아버지는 아무 말씀을 못 하셨다. 뒤이어 오빠가 도착했고 의사는 인내심 있게 한 번 더, 오빠를 보고도 상황을 설명해 주었다.

우리는 아무것도 결정하지 못한 채 응급실을 들락거렸다. 엄마의 상태를 보고 좌절한 아버지는 "그동안 뉴스에서 이런 상황을 가끔 봤는데, 별로 희망이 없더라……."며 체념의 말씀을 하셨다. 나 또한 어떤 포인트에서 희망을 가져야 할지 찾지 못하고 있었다. 그런데 오빠만은 달랐다.

"승압제를 안 넣는 것은 그렇다 쳐도, 다시 심정지가 왔을 때 심폐소생을 하지 않는다는 것은 말이 안 되지 않아? 그리고 혹시라도 다른 병원에서 더 치료를 해볼 수 있다면 그래도 해봐야 하지 않겠니?"

나는 보다 더 적극적인 치료를 해보고 싶어 하는 오빠의 마음을 이해하면서도 그게 엄마 상태에게 맞는 것인지는 도저히 판단이 서지 않았다. 또다시 차를 태워서 다른 병원으로 이송을 한다는 것 자체가 엄마에게 괜찮은 것인지 감이 안 잡혔다. 그렇다고 바로 연명치료포기를 해야 하는 1번과 2번 안은 도저히 엄두가 나지 않았다. 그건 아버지와 오빠도 마찬가지인 듯했다. 그렇다면 선택지에서 남은 것은 더 적극적인 치료가 가능한 병원으로의 전원밖에 없었다. 병원에 그런 의사를 밝히니 현재 환자를 받아줄 자리가 있는, 전원 가능한 상급종합병원이 있는지 알아봐 주겠다고 했다. 그러나 몇 분 뒤, 서울과 수도권에 그런 병원을 찾기 힘들다는 통보를 해왔다. 그리고 범위를 충청도 등지의 병원까지도 확대할 것인지 물었다. 오빠는 그 부분까지 적극적으로 고려하는 듯했다. 나는 오빠에게 엄마의 임종이 얼마 안 남았다면, 그런 지방으로까지 이송을 하면 급한 상황에서 우리가 어떻게 달려가겠느냐고 물었다. 오빠는 또 다른 방법을 고민하는 듯했지만 쉽게 대안을 제시하지는 못했다. 오빠가 고민하는 모습은 사실 지금의 현실에 대한 지극히 자연스러운 부정일 뿐, 명쾌한 해결책이 되지는 못하리라는 예감이 강하게 들었다. 그럼에도 우리 가족은 이제 세 명 중 단 한 명이라도 반대하는 의견은 다시 설득할

엄두를 전혀 못 내고 있었다. 우리는 서로가 너무 안쓰러웠다. 최대한 서로의 상태를 살피며, 의견을 존중하며 최선의 결정을 내려보려고 안간힘을 쓰고 있었다.

결국, 엄마를 지금 있는 병원의 중환자실에 입원시키기로 했다. 단, 다른 상급병원에 자리가 나면 전원을 시키겠다는 전제하에서였다. 보호자의 그런 의사를 밝히니, 그럼 중환자실에 입원하더라도 연명치료는 계속하겠다고 했다. 다른 병원으로 전원을 시키기까지 환자를 살려두어야 하기 때문이다.

응급실에서 중환자실로의 이동을 준비하는 동안 이모는 우리 식구보다도 더 흥분하여 안절부절못했고, 엄마를 보려 병실을 드나들면서 많이 힘들어하셨다. 나는 일단 입원을 결정했으니 이모는 집에 가시라고, 이모마저 쓰러지면 큰일 난다고 말했다. 워낙 마음이 약한 이모까지 흥분하게 되면 나는 돌볼 자신이 없었다. 지금 뭐가 뭔지 모르겠는 가운데 병원의 끊임없는 질문에 대답을 해야 하는 상황에서 내 정신을 제대로 부여잡고 있기도 힘든 상태였다. 이모는 입원을 확정했다는 말을 듣고 일단 집으로 돌아가셨다.

우리 가족은 엄마를 중환자실에 입원시키고 의사와 간단

히 상담을 한 뒤, 제한된 저녁 면회 시간에 들어가 엄마를 한 번 더 보고 지친 심신을 이끌고 일단 병원을 나왔다.

CCTV

1월 16일.

다음 날, 오빠와 함께 요양원으로 향했다. 전날, 병원에 있던 내게 엄마의 상태를 물어보러 전화한 요양보호사 팀장은 "요양원에 오시면 원장님이 CCTV 영상을 보여줄 거예요."라고 말했었다. 나는 오빠와 함께 진상조사를 하러 간 것이었다.

테이블을 가운데 두고 요양원 대표와 원장, 그 맞은편에 나와 오빠가 앉았다. 난 아무 말도 못 하고 가만히 있었다.

먼저 입을 뗀 건 오빠였다.

"도대체 일을 어떻게 하시는 거예요?"

대표와 원장은 "죄송합니다."라고 작게 말했다.

"죄송해서 될 일이 아니잖습니까? 어떻게 책임지실 거예요?!"

"……."

"저희가 이 요양원에 어머님을 1년 반 정도 보냈는데, 평소에 어머님이 식탐이 있고 음식을 씹기도 전에 먹을 것을 자꾸 입에 가져간다는 거, 알고 계시지 않았어요?"

"네, 그렇죠. 그러셨죠."

"그런데 이렇게 된 건, 제대로 지켜보지 않으셨다는 거잖아요?"

"……."

"응급처치는 제대로 하신 거예요?"

"네네, 제가 간호사 출신이고요, 응급처치를 할 줄 아는 사람이거든요. 그래서 사건을 듣자마자 달려와서 막 하긴 했는데……."

그 자리에서 원장이, 본인이 응급처치를 할 능력이 되는 사람이라고 자신 있게 얘기하는 데에, 나는 기가 막혔다. 물론 그들의 태도는 나쁘지 않았다. 변명을 하거나 적반하장의 기미는 없이 모든 것을 시인하며 잘못했다고 말했다. 하지만 그런 태도를 보고 화가 풀리기에는, 우리에게 일어난 일은 너무나도 컸다.

"왜 갑자기 떡을 먹이신 거예요?"

내가 겨우 입을 열어 물었다. 떡은 노인들에게 정말 위험할 수 있는 음식인데 왜 갑자기 간식이 떡이었는지, 이해를 못 했기 때문이다.

"새로 입소하신 한 어르신의 보호자가 사오셨거든요."

이럴 수가. 그 보호자는 알까? 자신이 사 온 떡 때문에 사람이 죽게 생겼다는 것을. 노인들에게 떡이 얼마나 위험한 음식인 줄 모르고 사 온 생각 없는 보호자나, 외부에서 갑자기 들어온 음식을 간식으로 펼쳐놓은 요양원이나 다 기가 막혔다. 응급처치를 잘했는지 안 했는지는 알 필요도 없었다. 부주의는 거기서부터 시작된 것이다.

더 이상 따져 묻는다고 해결될 것도 없기에, 바로 CCTV 영상을 보여달라고 했다. 그들은 컴퓨터가 있는 다른 방에서 보여주겠다며 분주히 준비를 했다.

"어휴, 내가 저걸 어떻게 봐……."

그들이 준비를 하는 동안 나는 화면 가까이 가지도 못하고 멀찍이 떨어져 혼잣말을 내뱉었다. 엄마가 힘들어하는 모습일 텐데, 차마 어떻게 봐야 할지, 걱정되는 마음이었다.

요양원 거실에서 노인들이 떡을 먹고 있었다. 노인들은

모두 TV 쪽을 바라보고 요양보호사는 그 노인들의 뒤쪽을 서성거리며 다 먹은 접시를 치우곤 한다. 노인들이 먹는 모습을 보호사가 볼 수 없는 배치다. 보호사들은 무슨 일을 하는지 노인들에게서 멀리 떨어져 있다.

가장 늦게까지 먹는 것이 엄마다. 치매의 증상 중 하나로 평소 식탐은 있으나 음식을 빨리 넘기지 못하는 엄마는 떡 하나를 온전히 목으로 넘기기 전에 두 번째 떡을, 또 세 번째 떡을 꾸역꾸역 입에 넣는다. 떡은 딱 봐도 입에 꽉 차는 크기다. 떡을 잘게 자르지도 않고 주었나 보다.

모든 떡을 입에 다 넣고 나서 약 20초 정도 뒤, 엄마 표정이 안 좋아지기 시작한다. 안절부절못하는 모습으로 두리번거린다. 테이블에는 물도 없다. 보호사도 주변에 없다.

"어떡해, 물을 찾는데, 아무것도 없고, 아무도 없네, 어떡해!"

화면을 보는 내 목소리가 점점 커져갔다. 10여 초 뒤, 엄마는 몸을 점점 더 크게 들썩인다. 표정이 상당히 일그러져 있다. 조금 뒤 엄마 앞으로 보호사가 지나가지만 엄마 상태를 전혀 감지하지 못한다. 보호사를 처량하게 바라보지만 원래부터 언어능력이 떨어지는 엄마는 이미 말도 못하고 손짓도 못할 정도로 힘들다. 나는 엄마 모습이 안타까워, 입을 틀어막는다.

이후 엄마 표정은 더 안 좋아진다. 불편함에 어쩔 줄을 모르고 휠체어 팔 받침을 누르며 몸을 꿈지럭댄다. 그게 엄마가 휠체어 위에서 할 수 있는 가장 큰 몸부림이다. 바로 앞에서 그릇을 걷어가지만 엄마의 불편함을 전혀 감지 못하는 보호사. 좀 더 지나자 엄마는 더 괴로워하며 몸을 앞으로 기울여본다. 그러다 반대로, 몸을 젖혀 등을 휠체어 등받이에 두어 번 치대면서 괴로워한다. 숨이 거의 막혀가는 듯하다. 마침내 고개를 뒤로 젖히고, 너무도 괴로워 몸을 바르르 떨다가 결국, 앞으로 고개를 떨군다. 그렇게 엄마가 정신을 잃었다. 떡을 다 먹은 지, 2분여 만에 일어난 일이다.

나는 이미 엄마의 표정이 일그러지는 장면에서부터 감정을 주체하지 못하고 있었다.

"어떡해, 엄마 힘들어하는 것 좀 봐. 어머, 보는 사람이 저렇게도 없어! 엄마 너무 힘들다, 어떡해, 어떡해, 악!"

엄마가 정신을 잃는 장면에서, 나는 소리를 꽥 질러버렸다. 그리고는 이후 장면은 제대로 보지도 못하고 그 자리에 털썩 주저앉아 바닥을 탕탕 치며 큰 소리로 오열하기 시작했다.

"엉엉, 어떡해, 엄마, 어떡해. 엄마가 이렇게 가면, 나는 어떡해! 나보고 어떻게 살라고, 내가 엄마를 이렇게 보내고 내가 어떻게 살아!!! 엄마, 나에게 이러면 안 되지. 엉엉.

엄마, 내가 미안해서 어떻게 살라고, 그렇게 가면 어떡해! 응? 응? 내가 그랬잖아. 제발, 갈 때만은 편안히 가자고. 이제껏 아픈 세월이 몇 년인데, 갈 때마저 저렇게 가면, 내가 죽어서도 나중에 엄마를 어떻게 봐요?? 응? 응? 나 이제 어떡해!!!! 엉엉!!"

엄마가 정신을 잃은 후, 수 분이 지나서야 보호사가 엄마의 상태를 알아차리고 원장 등 다른 사람들에게 연락을 하느라 더 시간을 지체한 뒤에야 구급대원까지 와서 난리법석을 떨며 응급조치를 하는 장면이 보여졌지만 나는 다 소용없다, 싶었다. 엄마의 목에서 떡은 나오지 않았고 목이 꽉 막힌 상태인 엄마는 아무리 심폐소생을 해도 숨을 쉬지 못했기 때문이다. 나는 요양원 바닥에 앉아 멈추지 않는 울음을 감당하느라 이후의 장면에는 그저 틈틈이 눈길을 주었을 뿐 다 보지 못했다. 옆에 있는 책상과 바닥을 손바닥으로 쾅쾅 쳐댔다. 몸 밖으로 그토록 오랜 시간 그렇게 큰 울음이 터져 나올 수 있다는 걸, 나도 그때 처음 알았다.

오빠는 CCTV 속 엄마가 정신을 잃는 순간을 보며 나와 다른 방식으로 이성을 잃었다. 바닥에 주저앉자 우느라 나는 제대로 못 봤지만 의자를 내던지고, 테이블을 쾅쾅 치는 소리가 귀에 들렸다.

"뭐? 응급처치를 곧바로 했다고? 저렇게 오랫동안 눈치도 못 채고 방치했으면서, 바로 했다고? 다 거짓말이잖아!

이 살인자들! 당신들 각오해. 내가 다 콩밥 먹일 거야!!"

오빠는 바로 112에 전화를 걸어 경찰을 불렀다. 그리고는 출동한 경찰에게 CCTV를 같이 보자고 했다. 경찰은 조용히 화면을 보면서 "어휴, 아무도 안 보네. 에고, 알아차리지도 못하네." 이런 말을 내뱉었다. 나는 아이처럼 엉엉 소리 내며 계속 눈물을 쏟아내는 동안에도 경찰이 온 것을 보고 그로 인해 모종의 조치가 취해지리라는 기대를 어렴풋이 했는데 그건 정말 순진한 생각이었다. 나중에 오빠에게 물어보니, "빨리 고소하라."는 말만 남기고 경찰은 사라졌다고 한다.

내가 오열한 것이 한 시간이 넘었던 것 같다. 아니, 두 시간이 다 된 것 같기도 하다. 잘 모르겠다. 나는 평생 그렇게 오랫동안, 그리도 큰 소리로 울어본 적이 없었고 나중에 힘이 빠져 울음이 멈추긴 했지만 이후에도 흥분이 가라앉지 않은 상태였기에 시간 개념도 전혀 없었다. 단지, 그렇게 한참을 크게 오열해 놓고도 내가 쓰러지거나 병원에 실려 가지 않았던 것을 생각하며, 나중에서야 내가 평소 생각해 온 만큼 저질 체력은 아니었던 건가? 라고 혼자 질문하며 헛헛한 실소를 내뱉었을 뿐이다.

오늘은 이래도 되는 날인가

오빠와 내가 그렇게 난리를 치긴 했지만, 그렇다고 그 자리에서 무언가 결론이 날 일은 없었다. 경찰도 어서 준비해서 고소하라는 말만 하고 떠나버렸고, 요양원 대표가 우리에게 보상 차원의 무언가를 먼저 제안한 것도 없었다. 하긴, 그 순간에는 어떤 말을 들어도 우리로서는 더 화를 내고 난리를 칠 수밖에 없었을 것이다. 그것이 불 보듯 뻔하니 그들도 더 이상의 말을 꺼내기는 어려웠을 것이다.

CCTV의 복사본을 얻어낸 오빠는 일단 가자고 하면서 힘이 다 풀려버린 내 몸을 일으켜 세웠다. 나는 간신히 일어서 벽을 계속 잡으며 추적추적, 무거운 걸음을 옮겼다. 영상을 보며 오열한 시간도 내 인생에서 결코 있으리라 상상하지 못한 초현실적인 시간이었는데, 그런 시간을 보내놓고도 아무 결론도 안 내고, 아무 일 없는 듯 이렇게 걸어 나오는 시간은 더욱더 비현실적이었다. 나는 나에게 일어나는 이 일들이 도대체, 어디서부터 어떻게 시작된 것인지 모를 암담함에 빠져 있었다.

오빠가 운전대를 잡고, 다시 친정집으로 향했다. 힘이 빠져 아무 말도 못 하는 나에 비해 오빠는 그래도 이성적으로 보였다. 우리는 말없이 앞만 보며 갔다. 빨리 고소를 해야겠다며 서로 아는 변호사가 있는지 찾아보자는 말 등을 하던 중이었다.

순간, 오빠가 급격한 속도로 차선을 바꿨다. 그러자 뒤에서 오던 차가 크게 경적을 울렸다. 오빠는 백미러를 통해 잠깐 뒷차를 노려보더니 갑자기 차를 세웠다. 차도 한복판에서, 신호는 파란불이었다. 계속 백미러를 주시하던 오빠는 "저 자식, 차에서 내리네."라고 말한 뒤 자신도 내려버렸다. 이건 또 무슨 일인지! 나는 이 난데없는 상황이 다시 한번 초현실적으로 느껴져 바로 차에서 내리지 못하고, 잠시 멍하니 앉아 있었다.

사이드미러로 상황을 보니 서로 한 대씩 칠 기세였다. 게

다가 두 사람은 차 안에 있는 나도 다 들릴 정도의 큰 목소리로 언쟁을 하기 시작했다.

"야! 차선을 갑자기 바꾸면 어떡해?"

"이 자식이 언제 봤다고 반말이야? 깜빡이도 켜고 바꿨는데 뭐가 잘못됐다고 경적은 빵빵 울리고 난리야?"

"나보다 어려 보여서 반말 좀 했다 왜, 너 몇 살인데?"

"너부터 까라, 민증!"

드라마에서 한 번쯤은 들어봤을 꼭 그런 대화였다. 그렇게 둘이 1~2분 동안 싸우는 내용이 내 귀를 통해 머릿속까지 전달된 다음에서야, 약간의 현실감각이 돌아온 것 같았다. 그래서 나는 차에서 내려, 오빠에게 삿대질을 하고 있는 남자에게 큰 소리로 말했다.

"죄송해요, 죄송해. 사과할 테니 그만 하세요."

"당신은 또 뭐야?"

"야! 너는 뭐가 죄송해? 우리가 잘못한 것도 없는데!"

"오빠도 그만해. 여기서 이러면 어떡해!!"

내가 나선 뒤에도 둘 다 물러설 기미는 전혀 없었고, 오히려 싸움은 격렬해졌다.

"그래, 여기서 한판 해보자. 누가 무서울 줄 알아?"

"그래 좋다, 쳐봐, 쳐봐, 누가 이기나 해보자고!"

"너, 안경 벗어. 좋은 말 할 때 안경 벗으라고!"

참신함이라고는 전혀 없는 상투적 멘트들을 핑퐁처럼 주

고받는 싸움이 전혀 끝나지 않을 것 같이 보이자, 나는 상대편 남자를 격하게 말리며 소리를 질러버렸다.

"지금, 우리 엄마가 죽어서 그래요. 아저씨, 제발 봐줘요. 우리 엄마가요, 갑자기 돌아가셔서 그렇다고요, 그런 모습을 지금, 우리가 보고 와서 그래요. 네? 제발 그만 하세요! 오빠도 제발 그만하라고!"

그의 표정에 흠칫 놀란 듯한 기색이 엿보였지만 그렇다고 싸움이 바로 잦아든 것은 아니었다. 서로 너무나도 지기 싫은 두 남자는 내가 온몸을 던져 그를 말리고, 물러서려던 그를 향해 다시 돌진하는 오빠를 말리는 와중에도 끝까지 분을 삭이지 않았다.

"야, 너 오늘 재수 좋다. 이 아줌마 때문에 내가 봐주는 줄 알아!"

"너야말로 오늘 운수대통한 줄 알아라!"

어휴, 정말 끝까지 전형적이었다. 누가 들으면 우리나라 의무교육 과정에 '싸울 땐 이런 말하기' 커리큘럼이라도 있는 줄 알겠다. 너무도 귀에 익은 이런 멘트들을 둘 중 어느 누구도 먼저 거두지 않은 상태에서, 나는 낑낑대며 오빠를 겨우 밀어 운전석에 앉혔다. 몇 번을 다시 일어나 나가기를 반복하다가, 결국 오빠와 상대 남자는 둘 다 차에 들어가 앉아서 시동을 켰다. 나도 보조석에 다시 앉았다. 그때서야 주변에서 우리를 신기한 듯 쳐다보며 차선을 바꿔 지나가는 다른 차 운전자들이 눈에 들어왔다. 나는 오빠에게 빨리 가자고 말했다.

“야, 내가 다 알아서 할 텐데 너까지 내리면 어떡하냐? 저 사람이 먼저 내리는데 내가 차에 앉아 창문만 내리면 어떻게 되는 줄 알아? 그러면 저 자식 분명히 나를 쳤을 거라고. 일단 상대가 내리면 나도 내리는 게 방어하는 거야.”

오빠는 다 깊은 뜻이 있어서 그랬다는 듯 말했다. 그러거나 말거나 나는 빨리 상황을 종료하고 싶었을 뿐이라고, 이제 됐으니 어서 가자고 말했다. 두어 시간의 오열 뒤 다시 소리를 고래고래 지르고 난 그 순간, 내 인생에 노동도 그런 노동이 없었던 듯했다. 나는 머리가 아프고 슬슬 목이 따끔해지는 것을 느끼며 고통스러워했다. 차는 그제서야 조용히 친정집으로 향했다.

뭐라도 하려고

1월 17일.

언제까지 어떻게 연명치료를 이어갈지, 앞으로 요양원을 상대로 어떻게 싸워야 할지 고민이 깊어진 우리 가족은 제발 누구 한 명의 꿈에라도 엄마가 나와 주어 길을 알려주기를 간절히 바랐다. 꼭 엄마가 아니더라도, 어떤 형태라도 모종의 암시가 있는 꿈을 뚜렷하게 꾸어서 그 어떤 가이드라도 받을 수 있다면 좋겠다고 한탄하며 말하곤 했다.

그런데 꿈은 개뿔, 잠을 제대로 자야 꿈을 꿀 것이 아닌

가. 그렇게도 심하게 오열을 하고 집에 돌아와 놓고도, 12시가 다 되어 잠든 나는 새벽 3시에 눈이 번쩍 떠졌다. '좀 더 자야 하는데'라고 조급해하며 한동안 뒤척이는데 갑자기 내 눈앞에 CCTV 화면 속에서 엄마가 괴로워하던 모습이 아른거렸다. 그리고 어제 내가 요양원 바닥에 앉아 그렇게도 외쳐댔던 말, "이렇게 가면 어떡해, 엄마!"가 조용히 되뇌어졌다. 한 시간여를 그렇게 뒤척이다가 문득, 전혀 새로운 생각이 들어 자리에서 벌떡 일어났다.

'가만히 있으면 안 돼. 뭐라도 해야 해'

나는 갑자기 자리를 박차고 방에서 나와 거실에 있는 컴퓨터 앞에 앉았다. 뭘 할 수 있을까, 무엇을 해야 할까 잠시 고민하던 나는 먼저 '청와대 국민 청원'을 생각해 냈다.

〈요양원 과실치사에 대해 즉각적인 형사처벌 및 즉각 폐원 가능한 제도 마련 촉구〉

현재 만 72세인 저희 어머님은 지난 10여 년 동안 뇌경색과 뇌출혈에 이어 치매를 앓으시며 장기요양등급 3등급으로 요양원에서 생활하시고 계셨습니다. 엄마의 가장 두드러진 치매 증세는 식탐입니다.

눈앞에 보이는 음식을 무조건 입에 넣으려 하므로 음식을 먹을 때 세심한 주의가 필요한 대상입니다.

그런데 지난 2020년 1월 15일, 요양원에서 간식 시간에 제공한 떡을 먹고 질식한 어머님은 1시간여 동안의 심정지를 겪고 현재 뇌사 상태에 이르렀습니다. 입소한 지 약 1년 반 경이 되어 엄마의 상태를 잘 알고 있는 요양원 측에서,

- 정교하게 씹는 것이 불가능하고, 과도한 식탐 증상이 있는 치매 노인에게 잘게 자르지도 않은 떡을 제공한 것,
- 떡을 먹는 동안 제대로 지켜보지 않은 것.
- 엄마가 호흡곤란으로 힘들어하는데도 이를 감지하지 못하고 물을 제공하는 등의 원활한 섭취를 돕는 처치를 하지 않은 것.
- 엄마가 의식을 잃은 지 수분이 지나서야 응급처치에 들어간 것.

등 환자를 제대로 돌보지 않은 과실이 CCTV 확인을 통해 상당 부분 확인되었습니다.

이에 대해 어떤 처리를 받을 수 있는지 건강보험공단과, 요양원 감독기관이라는 시청에 문의하였으나 개인적으로 변호사를 선임해서 고소를 진행하거나 요양원이 배상 보험을 들어두었을 테니 보상을 받도록 해보라는 답변만 들었습니다.
물론 개인적인 고소도 진행할 예정입니다만,

이런 사고가 생겼는데도 조사를 나오는 관리 감독 공무원 하나 없고, 경찰이 와서 사실 확인을 하면서도 즉각적인 형사 입건 없이 '개인적으로 고소하시라'며 물러나는 현실이 기가 막혀 이곳에 글을 올리게 되었습니다.

(중략) 만약 저희가 입 다물고 가만히 있는다면 이 요양원은 계속해서 운영이 가능할 것입니다. 이 점이 바로 문제라고 생각하는 부분입니다.

말로만 '치매 노인을 나라가 돌보겠다'고 하지 마시고

- 현재 존재하는 요양원들의 비용 외적인 부분의 실태 조사와 관리 감독부터 강화해주십시오.
- 서비스와 돌봄, 보호자와의 관계 조정 역할을 하는 담당 부서를 신설해주십시오.
- 과실치사에 대한 즉각적인 형사처벌과 폐원이 가능하게 해주십시오.

갈수록 노령화되는 사회입니다. 치매 노인도 늘고 있습니다. 모든 이들이 언젠가는 늙고 병듭니다. 제발 편안히 부모를 모실 수 있고 두려움 없는 노년을 기대할 수 있는 나라 만들어주세요. 작은 제도부터 개선해주세요. 부탁드립니다.

글을 올리고 주변 사람들에게 링크를 공유하며 소식을 알렸다. 나의 메시지를 받아본 이들은 다들 '어떻게 이런 일이…….'라고 하며 당황해하면서도 기꺼이 청원에 동의하겠다고 했다. 그리고 몇몇 친한 지인들은 직접 전화를 걸어 위로해 주기도 했다. 그들은 '힘내'라는 말로 전화를 끊었다. 사방에서 답이 온 메시지 내용도 비슷했다. 모두 다 '힘내'라고 말했다. 나는 평소에, 이 단어가 얼마나 실효성이 있는 단어인지 모르고 살아왔던 듯했다. 다른 때 같으면 그저 상투적인 위로의 말이라 생각했을 것 같은데 이번에는 달랐다. 그들이 '힘내'라고 말하는 짧은 표현에 실제로 나는 큰 힘을 낼 수 있었다. '안타깝다'고 공감해 주고 '얼마나 힘들겠냐'며 위로해 주며 '힘내'라고 격려하는 연이은 인사는 이번에는 절대 상투적으로 들리지 않았다. 정말 힘이 났다.

그제야 나는 꿈에 엄마가 안 나타나는 이유에 대해 스스로 납득했다. 꿈은커녕 연달아 며칠 동안 새벽 3시에 눈이 번쩍 떠지는 것은, 다름 아닌 '가만히 있으면 안 된다'는 신호였을 거다. '어디 한가하게 잠이나 자고 있냐'고 엄마가 말하고 있는 것이리라. 어처구니없는 이런 나만의 합리화를 스스로 굳게 믿기 시작했다. 그리고 앞으로 더더욱 잠을 푹 자려는 노력은 안 하겠다고 마음먹었다. 정신을 똑바로 차리고 무언가 해야만 했다. 세상에 우리 이야기를 알리기 위해 무언가 해야만 했다. 내 머릿속은 오직, 그 생각만으로 꽉 채워지고 있었다.

앞서는 이의 배우자는

1월 17일 오후.

중환자실의 저녁 면회가 시작되었다. 아버지, 오빠와 함께 중환자실 가장 안쪽에 자리 잡은 엄마의 침대로 다가가다가, 나는 너무도 깜짝 놀랐다. 하루 사이에 엄마의 몸이 퉁퉁 부어 있었다. 그런 엄마의 몸을 보자 '아, 엄마가 힘들어하고 있나'하는 생각이 들어 가슴이 찌릿했다. 저렇게 누워 호흡기에 의지해서 숨을 쉬는 것만으로도 고마워서 며칠 동안 우리는 엄마가 너무도 힘들 수도 있다는 걸 잊고 있었던 건 아닐지, 갑작스러운 두려움이 거칠게 몰려왔다.

난 눈물을 글썽이며 읊조렸다.

"어떡해, 엄마 너무 많이 부었다. 너무 힘든 거 아닐까."

그런 내가 걱정이 되었는지, 마침 엄마에게 다가온 중환자실 담당 의사에게 오빠가 물었다.

"왜 이렇게 몸이 붓죠?"

"아무래도 누워만 계셔서 혈액 순환이 안 되니까요."

"이런 상태의 다른 환자에게도 나타나는 현상이죠?"

"그렇죠."

오빠의 두 번째 질문에서, 애써 나를 안심시키려는 듯한 의도가 뚜렷이 읽혔다. 의사는 특이사항이 있다는 듯, 말을 이어갔다.

"어제부터 오늘 오전까지 의외로 혈압이 잘 유지되더라고요. 그래서 점심시간 이후 약 3시간가량 승압제를 투여하지 않았어요. 그런데 오후에 갑자기 대변을 많이 보시더니 혈압이 또 내려가서, 다시 조금 전부터 약을 투여하는 중이에요."

엄마의 부은 얼굴에 좌절했던 나는 '혈압이 몇 시간 동안 잘 유지되었다'는 말에 귀가 솔깃했다. '대변을 봤다'는 말에도, '내장 기관이 제 기능을 하고 있는 것인가' 싶은 생각이 들어 잠시 눈이 커졌었다.

면회가 끝나고 로비로 나왔다. '엄마가 혹시라도 깨어날 수도 있는 것일까?' 생각하며 혼란스럽던 나는 문득, 예전에 뇌를 다친 엄마를 데리고 병원 응급실에 갔다가, 옆 침대의 위급 환자가 많은 양의 대변을 본 다음 바로 임종을 한 것이 떠올랐다. 아, 그런 것인가…….

로비 벤치에 앉은 오빠와 나, 아버지 세 사람은 약속이나 한 듯 아무 말 없이 몇 초를 보냈다. 나는 머뭇거리다가 용기를 내서 오빠에게 말했다.

"엄마 너무 많이 부었다……. 글쎄, 잘 모르겠지만 엄마가 힘들어하고 있는 게 아닌가 싶네. 엄마, 예쁜 모습으로 보내주고 싶은데 저러다가 몸 상태가 더 망가지는 게 아닌가 싶어서 걱정도 되고……."

이런 단어, 이런 표현, 이런 문장이 내 입에서 나오는 것 자체가 어색했다. 1월 15일 이후로 난생 처음 겪는 일투성이지만 이제 본격적으로 엄마를 언제 보낼지, '일정을 짜야 하는 현실의 가혹함'에 치가 떨렸다. 오빠도 더 이상 다른 병원으로 전원해서 엄마를 더 치료할 생각은 못 하고 있는 듯했다. 우리는 일단, 연명치료 중단을 '내일 오전쯤'으로 생각해 보자고 서로 이야기했다.

오빠랑 내가 이런저런 얘기를 하는 동안, 아버지는 아무 말씀 안 하셨다. 의견을 물어보면 '잘 모르겠다'고만 하셨다. 그런 아버지가 안타까웠다. 오빠가 일할 거리를 가지고 와서 아버지 댁에서 계속 머물러 있는 것이 다행이었지만 그럼에도 내 눈엔 이 모든 상황에 대해 깊은 무력감에 빠진 아버지의 표정이 눈에 들어왔다.

이제 와서 깨닫고 보니 발을 동동 구르고 소리를 치고 오열해 대며 요란스럽게 슬픔을 표현하는 것은 그 단어 자체로 애틋한 '엄마'라는 존재의 임종을 앞둔 자식들에게 부여된 아주 특별한 권리라는 생각이 들었다. 그러나 배우자에겐 그런 특권이 없었다. 남편에게 아내의 임종이란 비통하고 참담하면서도 쉽게 겉으로 슬픔을 표현 못 할, 가슴 저민 그 무엇이다. 아버지를 보며 그런 생각이 들었다.

아버지는 당신보다 여덟 살 어린 엄마를 맞선에서 만나 결혼하고, 가난한 시절을 함께 이겨내며 아들, 딸을 낳고 서로 투닥투닥 다투면서도 재미있는 한 시절을 함께 보냈다. 엄마가 아프기 시작한 후 10년간 꿋꿋이 엄마의 삼시 세끼를 챙기며 병간호를 맡으면서도 항상 툴툴대며 '고집쟁이'라고 엄마를 흉보셨던 아버지. 이제, 그 고집쟁이 마누라와 50년 가까이 함께한 시간을 끝내려 한다. 그 시간 앞에서 만감이 교차할 아버지는 오빠나 나처럼 쉽게 흥분하고 땅을 치며 통곡하지 못하고 그저 무기력한 침묵으로 덤덤히 이 순간을 맞이하고 계셨다.

나는 아버지의 얼굴을 물끄러미 바라보며 이제는 엄마보다 아버지가 더 안쓰럽다는 생각이 들었다. 이제, 본격적으로 아버지를 챙겨야 할 시간이 오고 있었다.

인간의 영역

1월 18일.

오전 면회에서 만난 엄마는 여전히 퉁퉁 부어 있었다. 그래도 상태는 안정적인 것 같았다. 오빠와 나, 아버지는 별말 없이 엄마를 바라보았다. '이제 어찌해야 하나' 걱정하며 엄마 곁에 있을 때, 갑자기 한 중년의 여성이 내게 다가와 아는 체를 했다.

"어, 누구…시더라……?"
"간호사요, 요양원 예전 간호사."

화장도 안 하고 간호사 복장도 아니어서 잘 못 알아봤는데, 그분은 바로 엄마가 있던 요양원에서 일하다가 여름쯤에 그만둔 간호사였다. 나는 그가 누군지 알아챈 순간, 바로 그의 어깨를 탁탁 치고 옷을 잡아당기면서 뱃속 안의 울음을 또다시 분출해 버리며 바닥에 주저앉았다.

"간호사님, 왜, 왜, 그만두셨어요?? 그때 계실 때 잘해주었었는데, 왜, 왜요!!! 이후로 요양원이 이상해졌어. 간호사도, 원장도, 요양보호사도 막 바뀌고 그러더니 엄마가 이렇게 되어버렸어요, 엉엉!!!"

"에구, 일어나요, 일어나. 여기서 이러면 안 되지. 어서!"

그분은 나를 일으켜서 안아주었다. 나는 급격히 흥분한 마음을 간신히 다스리고 무겁게 몸을 일으켰다. 엄마의 면회 마감 시간도 다가오던 중이었다. 나는 오빠와 아버지에게 잠깐 눈길을 준 뒤 그분과 함께 병실을 나가 병원 로비 벤치에 나란히 앉았다. 어떻게 여기서 만났는지 그것부터 신기할 따름이었다.

"어르신 맞은편 침대가 우리 시어머니예요. 워낙 노쇠하셔서 병원에 오래 입원했었는데 갑자기 병원에서 돌아가실 것 같다고 연락하기에 임종을 못 볼 것 같아서 식구들이 모일 때까지만 어떻게 해달라고 했더니 병원에서 산소 호흡기를 달았어요. 그런데 자가 호흡을 못하는 환자가 한 번 그렇게 호흡기를 달면 이후에 식구들이 원해도 못 뗀다고 하더라고. 그 이후 우리 어머님은 한 달째 그렇게 호흡기로 연명하며 누워 계세요."

그 말을 들은 직후, 죽음에는 참으로 다양한 형태가 있음을 새삼 깨달았다. 만약 그 간호사의 시어머님이 연명치료 거부 사전의향서를 작성하셨더라면, 임종이 임박했을 때 의료진이 산소 호흡기를 바로 달지는 않았을 것 같다. 아직 우리나라 병원에서 의향서 내용에 대한 정확한 이행이 쉽지는 않다고 하지만 그래도 의향서가 있는 것과 없는 것은 다르다. 의향서에 대한 검토를 하고 가족과 더 깊이 상의한 후 호흡기를 달거나 혹은 처음부터 호흡기를 달지 않았을 수도 있다. 의향서가 없었기에 보호자들의 요구대로 호흡기를 달게 된 이 환자는 그 호흡기만으로도 어쨌든 그 나름의 '생'을 이어가고 있다. 보호자들에게는, 감히 또 다른 고통이라 부를 수 있는, 끝이 보이지 않는 시간이 다시 시작된 것이다.

"최근에 시어머니 면회를 자주 오다가 맞은편 침대에서 어르신 이름을 봤지 뭐예요. 얼굴을 봤는데도 똑같은 거야, 요양원에서 내가 모시던 그 어르신. 그래서 아직 거기서 일하는 보호사에게 물어봤죠. 사고가 있었다고 하더라고. 에고, 이렇게 되어서 어떡해……."

이 간호사는 노인들 상대하는 요양원에서의 일이 힘들기도 했고, 자신의 시어머님도 신경 써야 해서 몇 달 전 일을 그만둔 것이라고 했다. 대화를 이어가는 동안 우리는 아픈 부모를 둔 상황에 대한 안타까운 마음을 서로 나누었다.

간호사와 헤어지고 다시 모인 우리 가족은 또다시 '엄마를 어떻게 할까'에 대한 고민을 시작했다. 자연스럽게 회생의 희망은 옅어지고 있었다. 이제 그다음은 일정에 관한 문제였다. 곧 설 연휴가 다가오고 있었다. 명절 연휴에 장례를 치르는 일은 우리에게나 문상 오는 손님들에게나 못 할 일이었다. 오빠와 나는 머리를 모으고 앉아서 각자 휴대폰으로 달력을 쳐다보았다. 엄마의 상태는 승압제를 끊으면 호흡기와 상관없이 바로 혈압이 떨어지고 사망에 이를 수 있는, 정말 목숨이 경각에 달린 가장 위독한 상태다. 그렇다면, 언제 승압제를 끊을 것인가.

아, 누가 죽음을 인간의 힘 밖의 영역이라고 했는가. 엄마의 목숨을 놓고 스케줄을 짜고 있는 우리는 뭐란 말인가. 차라리 선택지가 없었으면 했다. 의술이 덜 발달되고 연명치료라는 기술 자체가 없어서, 정말 죽음은 산 사람들이 어쩌지 못할, 신 혹은 운명의 영역으로 온전히 남겨질 수 있었을 때가 훨씬 '인간적'이었을 것 같았다. 사람들은 쓸데없이 많은 것을 만들어 냈고 누군지 모를 그들이 이 순간 나는 치가 떨리게 원망스러웠다.

오빠와 아버지는 일단, '안전하게(명절과 겹치지 않도록)' 설 명절 연휴의 마지막 날에 연명치료를 멈추자고 말했다. 오늘로부터 일주일이 넘게 남아 있었다. 나는 엄마가 그때까지 버틸 수 있으리라 생각하지 않았다. 승압제를 끊지 않아도 엄마의 혈압이 갑자기 내려가 병원에서 우리를 급하게 불러낼 순간이 언제라도 올 것 같았다. 하지만 아버지가 그렇게 긴 일정을 언급하시는 걸 보니, 헛된 희망이라도 붙잡고 싶어 하시는 것 같아 동의할 수밖에 없었다. 그래서 우리 가족은 어제, "내일 연명치료를 포기하자."고 말했던 것을 번복하고 다시 좀 더 기다려 보자는 말을 하고 헤어졌다.

서명

1월 19일.

집에 있는데 병원에서 갑자기 전화가 왔다. 엄마의 혈압이 급격히 내려가 응급 상황을 맞았다는 것이다. 꿈도 크지, 이런 엄마를 두고 일주일을 더 버텨보자고 했었다니. 가족이 병원에 모두 달려왔을 때 엄마의 혈압은 다시 안정되었지만 이대로는 단 몇 시간 안에라도 다시 무슨 일이 생길지 몰랐다. 오빠와 나는 아무래도 당장, 연명치료를 그만두어야 할 것 같다고 아버지께 말씀드렸다. 아버지는 손으로 얼굴을 비비며 괴로운 듯 말씀하셨다.

"막상, 보내려니……."

전날, 아버지가 일수일 이상 더 버텨보자고 말씀하셨던 데는 이유가 있었다. 나는 엄마가 힘들어하는 모습이 마음 아파 이제는 어서 보내고픈 마음이었지만 아버지는 또 다른 방식으로 마음이 아파 엄마를 못 보내고 있었던 것이다. 우리는 한동안 침묵을 견디며 멀뚱히 있다가, 비장하게 결심을 하고, 연명치료포기 동의서를 작성하기로 했다.

동의서를 쓴다고 해서 바로 승압제 투여를 멈추진 않았다. 현재 링거를 통해 엄마에게 투여되고 있는 승압제가 모두 소진되면, 그다음 더 이상 투여하지 않는 것이었다. 그리고 현재 들어가고 있는 승압제는 아마도 내일 오후 정도에 다 소진될 것이라 했다. 당장이라도 엄마의 임종을 맞을 마음으로 비장하게 숨을 들이쉬며 동의서를 쓰러 간 상황을 생각하면 좀 웃기게 되었다. 인생의 모든 상황에서는 극단적으로 진지하고 슬픈 일도, 또 극단적으로 웃기고 행복한 일도 없는 것 같다. 그런데 또, 그나마 그런 이유로 괴로운 가운데서도 삶을 유지하는 것 같다.

우리는 결국, 〈연명치료포기 동의서〉에 세 명 모두의 이름을 적고 서명을 했다. 요양원에서 사고를 당한 엄마가 병원에 실려 온 날로부터 5일째 되는 날이었다.

잠도 푹 자고 밥도 든든히 먹고

1월 20일.

5일 내내 새벽에 눈이 떠지던 내 몸이 그간의 피곤을 못 견뎠는지 오늘은 아침나절까지 푹 잠을 자다 깼다. 나와 오빠, 아버지가 모두 함께 친정집에서 자고 일어난 상태였다. 우리는 오전 면회 시간이 되어 다 함께 병원으로 향했다.

오후나 되어야 소진될 것이라던 승압제가 얼마 남지 않았다. 엄마 몸 상태가 승압제를 많이 원할 만큼 안 좋다는 의미였다. 의사는 2~3시간 후면 약이 전부 들어갈 것 같다고 말했고 엄마는 약이 없으면 금방이라도 몸 상태가 안 좋아질 수 있는 환자이기 때문에 임종을 보려면 멀리 가지 말고 병원 주변에서 있으라고 알려주었다.

병실에서 나와 로비에 앉아 한숨을 쉬고 있을 때, 아버지가 말씀하셨다.

"밥 먹고 오자."

밥. 엄마 사고가 난 이래 며칠 동안 우리가 밥을 먹는 행위야말로 참, 모순적이라는 생각이 들었다. 엄마의 죽음을 놓고 고민하면서도 우리는 살기 위해 밥을 먹는 일. 그게 되게 이상했었다. 스트레스가 생기면 평소보다 더 먹게 되던 내가 요 며칠 동안엔 난생처음, 입 안에 모래알이 굴러다니는 느낌이 어떤 것인지 생생하게 알게 되고 도저히 음식이 당기지 않아 물로 끼니를 때우기도 했다. 그럼에도 때가 되면 아버지를 위해서라도, 아이들과 남편을 위해서라도 밥을 차리고 같이 먹게 되는 식사 시간 자체가 며칠 동안 그리도 어색하기만 했다. 그런 어색함을 다시 한번 느끼며 우리는 엄마를 보내기 전 마지막 점심을 먹었다. 이번엔 입맛이 있건 없건 아주 많이 먹었다. 왠지, 그래야 할 것 같았다.

점심을 먹고 테이크아웃 커피를 하나 샀다. 원래 아침 커피 말고는 잘 안 마시는데 왠지, 마셔야 할 것 같았다. 병원으로 다시 올라가 중환자실 바로 앞에서 커피를 막 마시려던 참이었다.

"보호자분!"

갑자기 문이 열리고 간호사가 우리를 불렀다. 나는 마시다 만 커피를 정수기 위에 다급히 올려놓고, 아버지를 모시고 병실 쪽으로 달려갔다. 복도 끝에서 업무 관련 통화를 하던 오빠도 전화를 끊고 달려왔다.

"이제 약이 다 소진됐어요. 들어와 계셔야 할 것 같아요."

"아……."

우리는 엄마 옆으로 다가갔고, 간호사는 우리 네 식구만의 시간을 위해 침대 주변 커튼을 쳐주었다. 네 식구의 시간. 이 시간이 얼마 남지 않았다. 이제 엄마는 우리 셋만 남기고 먼 길을 떠나려 한다.

호흡기를 낀 엄마에게 당장은 변화가 없었다. 하지만 10분 정도 지나자 침대 옆, 엄마의 바이탈 상태를 알려주는 '환자 감시장치' 모니터의 숫자가 급격히 낮아지기 시작했다. 잘 해석할 수는 없지만 혈압인 것 같은 숫자가 먼저, 그 다음엔 심장과 관련된 것 같은 숫자가 내려갔다. 뚝, 뚝, 뚝. 숫자는 무슨 급한 일이라도 있는 듯 빨리도 떨어져 내려갔다. 승압제 투약을 멈추자마자 이렇게도 쉽게 가려 하다니. 그동안 버티느라 너무 힘늘었을 것 같아 미안해지면서노 한편으로는 너무도 급하게 가려는 엄마가 원망스러웠다.

연신 눈물을 닦아내며 엄마를 지켜보던 나는 문득, 조금이라도 더 예쁘게 엄마를 보내고 싶은 마음이 들었다. 물티슈를 꺼내 엄마의 눈가를, 엄마의 코 아래를, 엄마의 입 주변을 그리고 엄마의 손과 발을 차례로 닦아주었다. 그리고 조금이라도 더 엄마를 '간직'하고 싶은 마음에 간호사에게 가위를 달라고 부탁해서 엄마의 백발을 조금 잘라냈다. 나는 그것을 비닐백에 넣어서 무슨 값비싼 보물이라도 되는 양 가방에 고이 집어넣었다. 그 후 엄마의 마지막 얼굴까지 사진으로 찍은 나는 0을 향해 치닫는 모니터의 야속한 숫자들을 원망하며 엄마의 얼굴에 손을 얹고 떨리는 목소리로 말했다.

"엄마, 먼저 가서 잘 지내고 있어, 응? 거기선 마음껏 걷고 뛰어다녀야 해, 알았지? 그리고 우리 나중에 웃으면서 만나자, 응? 응?"

오빠도 흐느끼며 말했다.

"죄송해요, 어머니. 제가 더 잘했어야 하는데. 이제 편히 쉬세요."

아버지는 아무 말씀을 안 하셨다.

삐, 삐, 삐, 삐, 삐이…….

모니터의 숫자 하나는 0이 되고 또 다른 숫자 하나는 물음표가 되었다. 숫자로 매길 수 없는 상태. 기계가 감지하지 못하는 상태. 엄마는 그런 상태가 되어 결국 우리 곁을 떠났다. 엄마 사고가 난 지 6일째 되는 날, 내가 잠도 푹 자고 밥도 잘 먹은, 1월 20일 오후 3시였다.

PART 7

자식의 시간

사랑꾼

엄마가 떠난 지 거의 100일 만에 아버지가 떠났다. 갑자기 쓰러진 아버지는 병원에 실려 가 뇌출혈 진단을 받았는데 수술을 하루 앞두고 중환자실에 있다가 산소포화도가 갑자기 떨어져 뇌사 상태가 되었다. 오빠와 나는 또다시 며칠의 연명치료 기간을 거치고 아버지를 보내드렸다. 연이어 장례를 치르며 나는 누군지 모를 대상에게 면목이 없었다. 죽을 죄인이 된 기분이었다.

친척 어른들은 '너만큼 잘한 자식이 어딨냐'고 위로해 주셨다. 그리고 그렇게도 무뚝뚝하던 아버지가 알고 보니 사랑꾼이었다고, 그러지 않고서야 왜 그렇게 금방 엄마를 따라갔겠냐고 반문했다. 나이 80에 혼자 외롭게 지내시는 것보단 엄마 곁에 같이 있는 게 더 좋을 거라고도 했다.

'사랑꾼'이라는 단어를 들으니 생각나는 일이 있었다. 내가 20대 때였나, 어느 날 아버지가 술을 잔뜩 마시고 내게 하소연한 적이 있었다.

"야, 내가 네 엄마 생일 선물로 귀걸이를 사서 줬는데 네 엄마가 뭐라는 줄 아냐? 이거 가짜 아니냐고, 뭔 선물로 가짜를 주느냐고 막 삐치는 거야. 야, 내가 이게 가짜인지 진짜인지 어떻게 아냐? 그런 것 볼 줄도 모르고 그냥 동네 보석 가게 가서 하나 산 건데. 사람 마음도 몰라주고, 에이씨!"

단 한 번도 엄마에게 살갑지 않았던 아버지가 처음으로 사랑꾼으로 보이던 때였다. 아버지처럼 세상 물정도 모르고 물건도 잘 사지 않는 분이 보석 가게에 혼자 가서 아내를 위한 선물을 고른 것만으로도 아주 큰 마음 낸 거라는 걸 나는 알고 있었다. 그런데 왜 엄마는 그걸 몰라줬을까?

"얘, 그 귀걸이를 하자마자 귓불이 따끔거려 할 수가 있어야지. 이렇게 손으로 긁어보니까 칠이 벗겨지지 뭐야. 아무리 몰라도 그런 걸 선물이라고 사오니? 그래서 몇 마디 한 것을 가지고 저렇게 서운해하다니…….”

엄마의 말도 이해가 되었다. 아버지와 엄마의 입장을 서로는 이해 못 하고 나만 이해한다는 게 참으로 답답한 노릇이었다. 도대체 두 분, 나한테 왜 이러세요?

연이어 떠난 엄마, 아버지에게 나는 지금도 그 말을 하고 싶다. 두 분, 도대체 나한테 왜 이러세요?

고아

나의 친할아버지는 전쟁 때 돌아가셨다고 들었다. 친할머니가 그나마 내 아버지의 청년 시절까지 살아 계셨던 것 같은데 이후 유방암으로 돌아가셨다고 했다. 그래서인지 아버지는 나보고도 유방암 검사를 자주 해보라고 수시로 경고하셨다.

아버지의 8남매 중 막내 아들, 즉 나의 작은아버지가 젊은 시절 가장 심한 방황기를 보냈었다고 아버지는 말하곤 했다. 어느 날 그 작은아버지가 형제 중 맏이인 큰고모에게 전화를 걸어 신세 한탄을 하더란다.

"에잇, 나는 부모도 없는 고아란 말이야!"

그랬더니 고모 왈,

"야 이놈아, 너만 고아냐, 나도 고아다!"

작은아버지는 기가 막히면서도 듣고 보니 맞는 말이라 아무 말도 못 하고 전화를 끊었다고 한다.

그때 작은아버지의 마음을 조금은 알 것 같다. 고모와 작은아버지는 15살 넘게 차이가 난다. 똑같이 부모가 없어도 20대에 없는 거랑 40대에 없는 거랑은 차이가 있다. 40대와 60대에 맞는 부모와의 이별이 또 다를 테고. 어린 시절부터 부모의 보호에서 벗어난 숨 가쁜 인생에 비한다면 할 말은 없지만, 평범한 내 주변 40대 또래들이 아직은 건강을 유지하는 부모와 함께 삶을 영위하는 것을 보면 부럽고 슬프다기보다는 뭐랄까, 좀 생경한 감정이 들긴 한다. 명절에 만날 부모가 없는 것도, 어버이날 꽃을 시어머니용 한 송이만 준비하는 것도, 나의 외가, 친가 관련 무언가가 궁금해질 때 당장 편하게 연락할 곳이 없다는 것도, 기일이라는 것을 맞으며 제사상을 차리는 것도 아직은 좀 어색하다.

엄마, 아버지가 떠난 후엔 부모님 관련 꿈을 꾸지 않는다. 아버지마저 쓰러진 뒤 자괴감에 시달릴 때 아버지가 내 꿈에 나와 "네 잘못이 아니야."라고 또렷이 말해준 것을 마지막으로 부모님은 내 꿈에 나올 기미가 없다. 살아 계신 동안 꾸었던 부모님 꿈이 항상 불안한 악몽이었던 것을 생각하면, 오히려 꿈에 보이지 않는 것이 나을지도 모르겠다. 두 분은 여기, 40대 고아를 남겨두고 하늘에서 편히 잘 지내고 계신가 보다.

후회하냐고 묻는다면

엄마 사고가 일어나고 청와대 홈페이지에 국민청원에 글을 올린 뒤 기존에 가입되어 있던 뇌질환 환자 보호자들이 모인 온라인 카페에 들어갔었다. 내 청원의 링크와 함께, 엄마가 이런 사고를 당했다고, 청원에 동의해 달라고 간곡히 부탁하는 게시글을 썼더니 꽤 많은 이들이 댓글을 달아주었다. 동의했다고, 힘내라고 하는 격려의 댓글 사이에서 유독 하나가 눈에 띄었다.

'내가 이래서, 아무리 힘들어도 뇌졸중으로 누워 계신 우리 어머니를 요양원에 못 모신다니까요. 이런 일이 한두 번

이어야 말이죠.'

집에서 직접 아픈 어머니를 모시고 있는 이 '효자'의 댓글에서 '그러게 왜 부모님을 요양원에 맡겼어요?'라는 책망을 읽었다면 그건 내 자격지심 때문일까? 이런 일에 대해, 부모를 직접 돌보지 않고 요양원에 맡긴 자식에게 상당 부분 잘못이 있다는 시선의 존재를 나는 잘 알고 있다. 자격지심이라기보다, 그런 시선에 대한 이해라고 해두자.

누군가 엄마를 요양원에 모신 것을 후회하냐고 묻는다면 어떻게 대답할지 글쎄, 잘 모르겠다. 물론 후회하는 부분이 있다. 이렇게 될 줄 알았다면, 엄마가 떠나는 순간의 모습을 미리 알 수 있었다면, 요양원에 모시는 결정을 하지 않았을 수도. 하지만 내가 '후회한다'고 말하고 이 일을 매듭짓기에는 억울한 측면이 있다. '후회한다'는 어떤 의미에서 '반성한다'가 될 수 있고 그 말 뒤에는 '그래, 그러니까 다음엔 안 그럴 거야'라는 흔한 결론이 뒤따를 수 있다. '다음'이란 있을 수 없는 나의 경우가 아니어도 요양원에 부모를 모신 모든 이들에게 잘못을 돌리는 이 결론에 나는 찬성하지 않는다.

처음 두 번의 주간보호센터에서 퇴소를 종용당하고 세

번째 요양원에서 운전기사와 아버지 간 다툼이 있었을 때 나는 건강보험공단에 전화를 걸어 이런 불만 사항은 어디에 제기해야 하냐고 물은 적이 있었다. 공단에서는 보통 요양기관이 재정 운영을 투명하게 하는지, 눈에 보이는 뚜렷한 폭력이나 감금이 있는지에 대해서만 감사를 할 뿐 그 외적인 부분에 대해서 감시할 권한이 없다고 했다. 공식적인 관리 감독 기관은 해당 요양원이 위치한 지역의 시청이나 구청 등인데 그곳에서도 마찬가지다. 입소자와 가족을 친절하게 대하고 건강을 잘 살피는지에 대한 항목 같은 것은 공단의 감시 기준은 아니라는 것이었다. 밥 한 끼를 해결하는 식당 하나도 별점이 매겨지는 세상에서 아픈 사람을 맡아 돌보는 곳이 운영을 제대로 하는지에 대한 감시 기준이 그리도 미흡했다. 이후 코로나 시기를 지나며 가족의 면회도 제한되고 외부인의 출입 또한 어려워진 요양기관의 운영은 얼마나 잘 관리될지, 나는 그게 궁금해졌다.

요양기관에서 일하는 요양보호사에 대한 대우도 안타깝기 그지없다. 나는 엄마가 떡을 먹고 숨이 넘어가는데도 제대로 돌봐주지 않은 요양보호사를 원망하지만 사실 일반적인 요양보호사의 업무 환경이 열악하고 관리도 제대로 되지 않으며 대우도 좋지 않다는 뉴스를 자주 접한다. 일하는 이들이 대우받아야 그들이 하는 일도 잘 돌아가는 법이다.

이 모든 것이 구조적인 문제라고 생각한다.

자식을 보호하는 1차적인 책임은 부모에게 있다. 하지만 세상은 부모가 어린 자식을 어린이집이나 유치원에 보낸다고 비난하지는 않는다. 오히려 보육 기관이 부족하고 운영이 제대로 안 되는 것이 사회문제가 되곤 한다. 아이 육아를 부모 개인이 아닌 사회가 함께 책임져야 한다는 데에 어느 정도 공감대가 쌓이고 있다. 아이 부모들이 그동안 외친 목소리의 힘이다.

반면 나이 들고 병든 노인에 대해서는 아직도 그 책임이 온전히 자식에게 돌아간다. 나는 엄마가 아픈 기간 동안 '보호자'가 되어 건강보험공단이나 병원 관련 행정 일을 처리하면서, 혼자 살거나 자식이 없는 노인들은 이 많은 절차를 어떻게 처리할까 걱정이 되었다. 요양기관에서 사고가 나면 그곳에 부모를 보낸 자식이 '불효자'가 되어버리는 유교적인 분위기, 나는 이런 부분이 잘 바뀌지 않는 것은 사건의 가장 큰 피해자가 이미 이 세상에 없기 때문이라고 생각했다. 그 자식들도 부모를 보내며 시끄러워지는 것이 싫고, 가슴 아픈 일을 다시 상기하는 것도 힘들어 모든 일을 덮는 경우가 많다. 억울함을 항변할 목소리가 없다.

하지만 나는 그게 안 되었다. '엄마를 요양원에 모신 내가 잘못이지'라는 자조적인 한탄으로 일을 끝내고 싶지 않았다. 내가 그리 투쟁적인 사람은 아닌데, 나름 소심한 소시민인데, 이런 일을 겪고 나서는 '가만히'가 안 되었다. 요양기관이 제도적으로 만들어졌다면 그 운영에 대한 책임을 질 사람도 분명히 있어야 한다는 생각이었다.

다행히, 이런 마음은 오빠와 내가 같았다. 그래서 우리는 소송을 시작했다. 그 소송은 엄마가 떠난 지 2년이 넘어서까지 이어졌다.

자식의 시간

청와대 국민청원을 올렸던 날 동시에 보건복지부 사이트에도 민원을 제기했었다. 그 민원과 관련되어 '노인보호전문기관'이라는 곳에서 연락이 왔다. 이곳은 요양기관뿐 아니라 사회 전반에서 노인에 대한 학대가 이루어지는지 조사하고 법률 조언이나 상황에 맞는 서비스, 상담 등을 하는 기관이다. 조사관은 우리 집에 방문하여 내가 말하는 사건의 정황을 듣고 CCTV 등의 자료를 가져갔다. 그들은 요양원으로 조사를 나간 뒤 이 사건이 '노인에 대한 학대 사건'이 맞는지 자체적으로 판단할 것이라고 했다.

며칠 후, 그 조사 결과를 통보받았다. '방임학대'라고 했다. '노인에게 위험성이 있을 수 있는 떡이라는 음식을 잘게 자르지 않고 제공했고, 식탁에 물과 음료 등이 없었으며 노인이 먹는 동안 요양보호사가 제대로 지켜보지 않았다'는 것이 그 판정 이유라고 했다. 사실 노인성 질환 환자 보호자들이 모인 온라인 카페의 하소연들을 보면 학대인지 아닌지도 불분명한 요양원 불만 사항들이 수도 없이 올라온다. 그런 사안은 대부분 증거 수집이 어렵기 때문에 어딘가 호소해도 받아들여지지 않는 일이 다반사다. 하지만 엄마의 경우 결국 '학대'라는 뚜렷한 두 글자가 적힌 판정이 났다. 이 판정 자체로 사법적 조치가 취해지지는 않지만, 앞으로의 소송에 유리한 요건 중 하나가 될 수 있다. 그렇다고 해서, 이게 이렇게 좋은 일인가. 엄마가 '학대'를 받았다는데, 그게 한숨 돌릴 일인가. 나는 '다행'이라 여겨야 할지 말지 판단을 내리지 못한 채 씁쓸한 안도감에 젖었다.

—

고소인 조사를 받으러 간 경찰서에서 형사는 오빠와 나에게 왜 부검을 안 했냐고 물었다. 부검? 엄마의 가슴을 다 헤집어서 그 안의 심장, 위장, 폐 등의 상태가 어떤지, 엄마가 얼마나 심각하게 상처를 입었는지 확인하는 그런 과정? 그걸 왜 안 했느냐고?

"사망 진단서 보셨어요? 사망의 종류에 '병사'라고 되어 있어요. '외인사'라고 되어 있어야 외부의 요인에 의해 사망한 것이 분명해지거든요."

분명 사망진단서상 '사망 원인'은 '다발성 장기부전', '저산소증', '질식, 흡인성 폐렴'이라 되어 있으나 '사망의 종류'에는 '병사'라고 되어 있었다. 정확한 것은 알 수 없지만 아마도 5일간의 연명치료 중의 증상도 '병'이라 취급해서 이렇게 작성한 것 같다.

"여러 정황상 어머님이 떡이 목에 걸려 질식사하신 것이 확실해 보이지만 그래도 부검을 안 하신 것이 좀 걸리네요. 부검을 했다면 사인이 보다 명확했을 테니까요."

오빠와 나는 그 자리에서 "네, 그래도 다른 여러 증거가 있으니까요."라고 말하고 조사를 마무리했다. 자식들에겐 말만 들어도 가슴이 벌렁거리는 '부검'이라는 말이 조사하는 형사 입장에서는 이렇게 쉽게 나오다니. 나는 집에 돌아오면서 자문했다. 과연 부검을 진행했어야 했을까? 아니다. 아무리 소송에 유리하다고 해도 나는 절대로 엄마의 부검에 동의하지 않았을 것이다. 그리고 설사 이 때문에 소송이 불리해진다고 해도 그건 할 수 없다. 하늘에 있는 엄마라도 그건 용서해 줄 거다.

—

내가 고소한 요양원 원장이 아닌 그 이전에 이 요양원을 담당했던 원장 K로부터 전화가 왔었다. 처음엔 잘 몰라서,

엄마 사건과는 상관도 없는 이가 왜 전화를 했나, 싶었는데 차근차근 말을 듣다 보니 이 K 원장은 나름 아닌 내가 고소한 현 요양원 대표의 누나였다. 그러니까 누나인 K가 대표 겸 원장을 맡아 요양원 살림을 다 맡고 보호자 응대까지 책임졌던 때에는 요양원이 나름 잘 운영되었었는데 그녀의 몸이 안 좋아져서 대표직을 남동생에게 넘겨주고 월급 원장을 고용해서 요양원을 운영하게 된 뒤로 이런 일이 생겼다는 것이다. 자기가 물러나자마자 이런 일이 생겨서 너무 미안하다고 말하는 K 원장은 나에게 제발 한 번만 만나달라고 했다.

"꼭 한 번 만나 뵙고 제가 보호자님 이야기를 들을게요."

라고 말하는 표현 자체가, 마음에 안 들었다. 나는 할 말이 없었다. 고소장을 통해 다 이야기했다. '직접 만나 뵙고 용서를 빌겠습니다'도 아니고, 내 말을 듣겠다니. 나는 거절을 표하면서 한편으로는 서운한 속내를 드러냈다.

"아무리 누님이 담당하시던 요양원을 물려받으셨다고 해도, 그래도 담당자이신데 그 남동생분은 왜 한 번의 연락도 없으신가요? 왜 단 한 번도 용서를 구하지 않는 것인가요?"

이렇게 물으니 K는

"어휴, 걔가 경험이 없어서……. 왜 그랬을까……. 그래서 제가 이제야 사건을 전해 듣고 이렇게 연락을 드리는 거예요."

그 남자 대표는 언뜻 보기에도 나보다 나이가 많아 보였다. 얼마나 곱게 자랐길래, 얼마나 누나 밑에서 곱게만 늙었길래, 나이 40이 넘도록 자신의 잘못에 대해 단 한마디 용서를 구할 줄도 모른단 말인가.

K가 내게 하소연하는 말투로만 보면 상상하건대, 나를 만나자마자 묵직한 돈 봉투라도 건넬 수 있는 사람이란 생각이 들었다. 그렇게 무턱대고, 상대의 마음과는 상관없이 혼자 일방적으로 할 말 다하고는 도망갈 수도 있는 사람 같았다. 어차피 합의할 마음도 전혀 없으니, 그를 만날 이유는 없었다.

부모가 없는 고아가 되었는데도 나의 '자식의 시간'은 계속되었다. 잊을만하면 일어나는 소송 관련 일들이 그 시간을 매우 뚜렷하게 상기시키고 있었다.

친정 없는 친정 동네에서

엄마가 떠나기 6개월쯤 전부터 나는 친정이 있는 지역으로 이사를 계획했었다. 친정은 내가 결혼하기 전부터 아이가 어렸을 때까지의 20, 30대를 보낸 지역이다. 잠시 다른 지역으로 이주를 했다가 엄마와 아버지에게 내 돌봄이 더 필요한 시기가 된 것도 같았고 마침 큰아이 학교도 친정 옆으로 확정되어 이사를 예정하고 있었다.

아이 중학교 진학을 앞둔 겨울, 슬슬 이사를 준비하려 했을 때 갑자기 엄마가 떠났고 전염병이 창궐했다. 아이 입학과 이사가 미뤄지다가 가까스로 이사 올 집을 계약한 다음 아버지에게 말씀드렸다.

"아버지, 우리 곧 이 동네로 이사 올 거예요."

점심을 함께 먹으며 내게서 이사 확정 소식을 들은 날, 아버지의 눈은 반가움에 유난히도 반짝거렸다.

"조금 무리해서 마당 있는 주택으로 구했어요. 우리 거기서 같이 고기 구워 먹어요."

그 소식을 전하고 아버지와 헤어진 날, 그날이 아버지의 건강한 모습을 본 마지막 날이 되고 말았다.

나는 지금 친정이 없는 친정 동네에 살고 있다. 그동안 이사를 하고, 엄마와 아버지 유품을 정리했다. 그것 말고도 두 분의 사후 처리는 이것저것 할 게 많았다. 나를 이 동네로 부른 무언가를 원망하고 있다. 나는 친정 부모님 옆에 살려고 왔지, 이런 뒤처리나 하려고 온 게 아니라고!

그런데 이미 이사를 결정한 다음 부모님이 떠나셨기 때문에 나는 어쩔 수 없이 일상 속에서 친정의 기억을 흠뻑 느끼며 살고 있다. 친정집 옆 상가의 반찬 가게는 반찬이 싸고 맛있어 자주 드나든다. 엄마가 있던 요양원 옆 식당은 맛집으로 소문난 곳이라 가끔 지인과 방문했다. 엄마의 불편한 몸을 부축하며 함께 외식했던 식당들, 아버지와 소주잔을 기울이던 술집, 부모님을 모시고 다니던 병원이 내 시야에 한가득 머물러 있다.

지금 상태로만 보면 나는 엄마를 '분실'한 건 아닌 것 같다. 엄마, 아버지는 곁에 없어 이제 연중 두 번의 기일과 두 번의 명절 제사를 통해서만 만나고 있지만 나는 지금 엄마의 공간에 둘러싸여 있고 '자식의 시간'도 계속되고 있다. 내 마음 또한 그날만큼 '어지럽지' 않다.

'그분은 떠나셔도 우리 마음속에 영원히 살아 계실 것입니다'라는 상투적인 말을 요즘 내가 체감하고 있다고 말한다면 좀 신파적이려나. 시간이 지날수록 엄마를, 그리고 그 곁에 있을 아버지를 더욱더 짙게 느끼는 것은 아마도 내가 부모님에게 배운 것이 많기 때문일 것이다. 엄마는 젊은 시절 보낸 삶과의 치열한 투쟁을 통해, 아프고 나서는 바로 그 질병과 나이듦을 통해 나에게 많은 것을 느끼게 해주고 떠났다. 그런 엄마에게 밥을 챙겨준 아버지 또한 엄마를 돌봤던 시간, 그리고 혼자 계셨던 시간에 대한 회한을 자식들 마음속에 깊이 새기고 떠나셨다. 내게는 이제 그 배움과 깨달음을 토대로 살아갈 일만 남았다.

작가의 말

대한민국의 많은 딸들처럼 나도 '엄마처럼 살지 않을래'를 입에 달고 산 적이 있었다. 그 말의 의미 중 절반 이상은 '엄마 같은 병에 걸리지 않을래'를 뜻하는 것이었으나 그게 내 마음대로 될 리 만무하다. 건강을 위해 노력해도 늙음과 질병은 언젠가 다가온다. 다만 그것이 내게 왔을 때 나는 내 자신을 탓하지는 않으리라 마음먹었다. 엄마에겐 '왜 아파서 나를 이렇게 고생시키냐'고 탓을 해놓고, 나는 안 그럴 거란다. 이래서 자식은 절대, 부모가 될 수 없다.

배곯지 않고 부모에게 잔소리 듣지 않는 유복한 어린 시절을 보냈으면서도 자식으로 사는 일은 쉽지 않았다. 그리고 내 주변에서 역시나 자식으로 사는 어려움을 호소하는 많은 이들을 본다. '너 잘되라고 하는' 폭풍 잔소리를 끝도 없이 하는 엄마, 필요 없는 잡동사니를 바리바리 싸주는 엄마, 볼 때마다 돈 없다는 궁한 소리를 하는 엄마, 눈만 마주치면 여기도 아프다, 저기도 아프다고 넋두리를 하는 엄마 그리고, 병에 걸려 아픈 엄마. 누구에게나 '그런 엄마' 한 명쯤은 다 있다. 왠지 가족이라는 단어에는 '행복'과 '사랑'이 자연스레 뒤따라야 할 것 같지만, 선택의 여지 없이 그 소속이 결정된 가족이라는 울타리 안에서 우리는 때로 사무치게 상처받고 가슴 시리게 고통받는다. 그중 나는, 부모 본인도 전혀 의도하지 않은 질병이라는 주제로 한참을 헤매고 살았다.

내가 남들보다 조금은 일찍 그러한 방황 끝 부모와의 이별을 겪었으니 이제 주변 사람들의 아픔을 함께 마주할 일이 잔뜩 남았다. 벌써부터 안타깝고 답답하다. 그들에게 조금이라도 도움이 되고 싶어서 사회복지, 나이듦, 돌봄, 마을공동체 등에 대해 공부하고 경험을 쌓아가려 하는 중이다. 아직 많이 부족하지만 태도는 사뭇 진지하다. 언젠가 사람들에게 이 주제에 관해 실질적인 도움이 되는 사람이 되었으면 좋겠다.

작가로서 자질이 별로 없음을 알면서도 글에 매달리는 나 자신이 한편으로는 애처롭기까지 하지만 '업으로써의 글쓰기'가 아니어도 '나 자신이 되기 위한 글쓰기'가 유행하는 트렌드에는 어느 정도 부합하는 사람이라 위로하며 쓰기를 멈추지 않는다. 때로는 남의 인정보다 '자기 위안'이 더 유용할 때가 있다. 그것이 바로 "가슴 아픈 엄마 이야기를 왜 쓰냐", "부끄러울 수도 있는 가정사를 왜 쓰냐"는 비난에 대한 항변이 될 수 있기를 바란다.

내 인생의 큰 챕터 하나를 넘기고 있다고 생각한다. 하지만 그 챕터를 넘겼다고 엄청 희망적이고 드라마틱한 변화가 생기리라는 기대는 옳지 않다. 내가 아직도 부모님에게 마음이 묶여 있듯 인생은 언제나 지지부진하고 질척거린다. 쿨하지 못한 과정을 견디다 보면 어느새 나도 모르는 사이 새로운 챕터에 접어들고 있음을 깨닫게 될 것이다.

글을 쓰고 마음을 다 털어내서 그런가 이제 부모님에 대해서는 감사함만 남았다. 온갖 애증이 찐득하게 묻어 있던 두 분과의 기억이 시간으로 헹궈져 씻겨나간다. 너무 많이 씻겨 그 무엇도 남지 않았을 때쯤 부모님을 다시 만나게 되면 좋겠다.

살아야겠다, 이제. 아내로서, 엄마로서, 나 자신으로서의 또 다른 인생을. 원하든 원치 않든 그 살아냄 속에 부모님이 항상 있을 것이다. 거기, 그렇게, 나의 엄마가 있을 것이다.

그런 엄마가 있었다

초판 1쇄 발행 2023. 5. 10.

지은이 조유리
펴낸이 김병호
펴낸곳 주식회사 바른북스

편집진행 김주영
디자인 김민지

등록 2019년 4월 3일 제2019-000040호
주소 서울시 성동구 연무장5길 9-16, 301호 (성수동2가, 블루스톤타워)
대표전화 070-7857-9719 | **경영지원** 02-3409-9719 | **팩스** 070-7610-9820

•바른북스는 여러분의 다양한 아이디어와 원고 투고를 설레는 마음으로 기다리고 있습니다.

이메일 barunbooks21@naver.com | **원고투고** barunbooks21@naver.com
홈페이지 www.barunbooks.com | **공식 블로그** blog.naver.com/barunbooks7
공식 포스트 post.naver.com/barunbooks7 | **페이스북** facebook.com/barunbooks7

ISBN 979-11-92942-95-7 03810